ENCROSERS

# Wessel

os segredos da carne

08.2000

István Wessel

ssel

# os segredos da carne

*Apresentação* J. A. Dias Lopes
*Design* Ucho Carvalho e Cassio Leitão
*Fotografias* Romulo Fialdini
*Produção executiva* Tania Eustaquio

ZWILLING J.A.HENCKELS
DBA

ZWILLING
J.A.HENCKELS
Solingen/Alemanha

deseja parabenizar o sr. István Wessel e a empresa DBA – Dórea Books and Art por esta maravilhosa obra informativa sobre carnes.

Apesar de sua origem húngara, István Wessel abriu caminho para se tornar o conhecedor de carnes de maior reputação no Brasil. Portanto, ele é a pessoa ideal para mostrar a você a história e a cultura da carne e a fina arte de selecionar e preparar diversas variedades e os melhores cortes de carnes.

A DBA – Dórea Books and Art, editora especializada em livros sobre assuntos raros, preciosos e maravilhosos, merece menção honrosa pelo conceito e realização desta obra.

O Brasil dispõe de uma antiga cultura na preparação de carnes, que foi passada para muitos países por todo o mundo. Também na Alemanha as churrascarias se tornaram muito populares, e você irá encontrá-las em quase todas as cidades.

ZWILLING J. A. HENCKELS é líder mundial na fabricação de artigos finos de cutelaria para uso profissional e doméstico, combinando experiência de séculos com técnicas modernas e inovações na produção de ferramentas adequadas e necessárias à preparação e ao consumo de carnes, assunto abordado de maneira deliciosa neste livro.

Convidamos você a experimentar essa tradição brasileira em preparar carnes e a usar apropriadamente os artigos finos produzidos com habilidade alemã.

Dr. Christian Ellermeier
Presidente
ZWILLING J. A. HENCKELS
Solingen, Alemanha

Clévis Vislon
Diretor Regional
Vendas e Marketing
América Latina e Caribe

José Custódio Jorge
Presidente
Jotam Importadora Ltda.
São Paulo

ZWILLING J. A. HENCKELS — Artigos finos de cutelaria desde 1731 — Um corte sempre superior aos demais

# *Não há amor mais sincero*


Primeira impressão, inverno de 1997

Editor **Alexandre Dórea Ribeiro**

Coordenação geral **Maiá Mendonça**

Coordenação editorial **Adriana Amback**

Produtoras fotográficas **Paula Zaroni e Marta Zaroni**

Produção culinária **Cecília Salomão**

Apoio editorial **Valéria Andrighetti**

Preparação de texto e revisão **Plural Assessoria**

Produção gráfica **Isilda Maria Moreira**

Fotolito **Connection**

Impressão **Gráfica Melhoramentos**

Agradecimentos às lojas **Alfândega, Ambientare, Aroeira, Atmosphera Casa, Benedixt, Beraldin Sedas, Blue Ice, By Design, Casa del Sol, Cleusa Presentes, Clodomar, Cor do Sol, Craft House, D.C.S. Fogões, Empório Santa Maria, Épi de Blé, Estação Saudade, Evolução, Formatex, Genoveva Ayres Antiquário, Great House Antiques, Gira Grill, Ladrilar Pisos, Lóeil, M. Chandon, Paulo Vasconcelos Antiquário, Panela Capixaba, Roupeiro Cama Mesa & Banho, Schmidt Porcelanas, Via Mundo, Vieira Santos Housing**

*que o amor pela comida*

George Bernard Shaw

## agradecimentos especiais

À medida que as pessoas envelhecem, devem pensar em uma atividade para a fase da vida em que o intelecto está em melhores condições que o físico. Uns se preparam aprendendo a jogar bridge, alguns colecionando objetos e outros ainda escrevendo. Felizmente, e graças a quatro importantes personagens da minha vida, fiquei no último grupo. Qualquer um pode escrever, mas para que diabos serve um texto se ninguem o lê?

Gilberto Mansur, editor da Status, a grande revista masculina dos anos 80, me abriu pela primeira vez uma revista para que eu contasse em forma de crônica nosso primeiro tour gastronômico em 1983. Anos se passaram até que Thales Guaracy, desconfiado como sempre, fizesse uma proposta interessante. Queria uma coluna permanente sobre dicas de comida para a Exame Vip. Gostei da idéia, pensava em alguém de fora do meio para trazer a visão do usuário da gastronomia. Exame Vip se transformaria em Vip como uma revista autônoma, da qual um "estrangeiro" vindo de Roma seria o editor. Era Marco Antônio de Resende, meu querido amigo desde 1985, quando, na condição de primeiro editor da Veja São Paulo (ainda um promissor encarte de Veja), nos fez a capa do número 3. O carinho que Marco Antônio dedicou à minha família em seu texto nos emocionou a todos, e a amizade foi mera conseqüência. Tendo retornado ao Brasil, me apresentei a ele perguntando se aceitava um amigo como colaborador. E, desde então, há mais de três anos, "brigamos" pelo espaço, número a número, linha a linha.

Last but not least, Dias Lopes. Posso dizer que começamos juntos na revista Gula. Estamos lá desde o número 4, há mais de cinco anos. Nesse período, o Dias, que é como o chamamos, sempre me incentivou a escrever, dando as diretrizes principais, mas nunca interferindo em minha forma, muitas vezes irreverente, de escrever. Tenho profunda afeição por esse amigo que fez uma revista admirada por todos e que sempre estimulou meu trabalho, por saber da importância que o texto acabou adquirindo em minha vida. Foi por isso mesmo que o convidei para prefaciar este livro, onde ele "carregou um pouco na tinta", mas mostrou com muita sensibilidade e sinceridade o nível e a profundidade de nossa amizade.

Quero agradecer novamente ao Gilberto, ao Thales, ao Marco Antônio e ao Dias pelo bem que fizeram para a minha vida com tantos incentivos, cedendo espaço para que eu pudesse escrever e, claro, ser lido por milhares e milhares de pessoas nestes últimos 15 anos.

## sumário

# O grande açougueiro

Quando for organizada a primeira enciclopédia brasileira de carne, nos moldes das existentes em outros países, para falar de sua produção, seleção, processamento e comercialização, os verbetes não poderão ser colocados em ordem alfabética. Mas ninguém estranhará essa subversão técnica. A letra w, que habitualmente figura no final das enciclopédias, aparecerá no início. Com ela se escreve o sobrenome Wessel. O verbete sobre essa família de açougueiros húngaros, que há 40 anos trocou Budapeste por São Paulo, será suculento. Dirá que, no Brasil, o sobrenome Wessel ampliou sua acepção semântica. Hoje, em São Paulo e em outras cidades do país, também é sinônimo de carne da melhor qualidade.

Os Wessel estão no ramo por tradição e vocação. Há cinco gerações, primeiro na Hungria, depois no Brasil, dedicam-se a escolher, cortar e vender carne. O patriarca Matyás e seu filho Márton, que nasceram e morreram na Hungria, eram mestres-açougueiros. Seu neto László, líder da família na vinda para São Paulo, tem o mesmo ofício. A profissão foi seguida pelo seu bisneto István, que chegou ao Brasil com 8 anos, e pelo seu trineto Daniel, já nascido em São Paulo. Poucas famílias ostentam tão honrosa linhagem. A rica e vitoriosa saga dos Wessel, na Europa e na América, ainda precisa ser contada. Aqui, porém, falaremos apenas de István, bisneto de Matyás, neto de Márton, filho de László e pai de Daniel. Afinal, é ele o autor deste livro magnífico.

"Quem sai aos seus não degenera", diz o provérbio, tão antigo que parece ter inspirado Luís Vaz de Camões em uma das estâncias de *Os lusíadas*. István foi mais longe. Além de herdar a profissão familiar, ele continua a dignificá-la com inúmeras contribuições à comercialização da carne no Brasil. Um único feito seu bastaria para destacá-lo no verbete Wessel da enciclopédia a que nos referimos – se é que já não está a merecer um à parte, só para ele.

Em 1969, pouco antes de passar pela prestigiosa escola de hotelaria da Cornell University, de Ithaca, NY, István estagiou por seis meses em Rotterdam, na Holanda, no frigorífico de um tio. Ali, deparou-se com duas novidades: a maturação de carnes selecionadas e sua venda em porções, limpas, embaladas, prontas para o consumo. Nenhum dos métodos era usado no Brasil.

Na maturação, embala-se a carne a vácuo e estoca-se por 21 a 30 dias, a uma temperatura média de zero grau, ou seja, acima do ponto de congelamento. É um método rigorosamente natural. A carne amacia por ação de suas próprias enzimas e tem o sabor aprimorado. István percebeu que o método era sensacional. Assimilou-o integralmente e, ao voltar para São Paulo, vendeu a idéia ao pai, László.

As primeiras carnes maturadas da Wessel e do Brasil foram lançadas ainda em 1969, em São Paulo. István tinha apenas 22 anos de idade. A novidade decretou o final da era da carne dura nos bons açougues do país. Comercializando carnes maturadas, em embalagens higiênicas e atraentes, a Wessel deu um salto de qualidade e de participação no mercado paulista. Seus açougues se transformaram em "butiques" da especialidade.

Os leitores constatarão neste belo livro que István conhece profundamente a carne. Domina-a na teoria e na faca. É, no Brasil, um de seus grandes especialistas – se não for o maior. Mesmo assim, continua a aperfeiçoar-se. Em que outra cidade do país encontramos um açougueiro capaz de falar e escrever fluentemente em inglês, francês e espanhol, além do português e do húngaro? E que se expressa com tanto domínio e fluência, ao fazer conferências aqui e no exterior, ou quando se apresenta em programas de rádio e de televisão? István, além disso, escreve bem. E como! Desse talento, aliás, orgulho-me de ser um dos descobridores. No momento em que lança este livro, ele se encontra no ápice profissional. Mas ainda ouviremos falar muito de István Wessel. Juntamente com seu pai, László, que aos 80 anos de idade ainda é capaz de desossar um boi com vigor juvenil, István ajudou a engrandecer a profissão de açougueiro no Brasil, promovendo-a a um nível inimaginável até pouco tempo atrás.

*J. A. Dias Lopes*
Diretor de redação da revista *Gula*

ská ústřed
N Z
platz 20
P
rzujeme
osvobo
ČS trans
Vojtech
ve veci
iku rodi
sime a d
vychaze

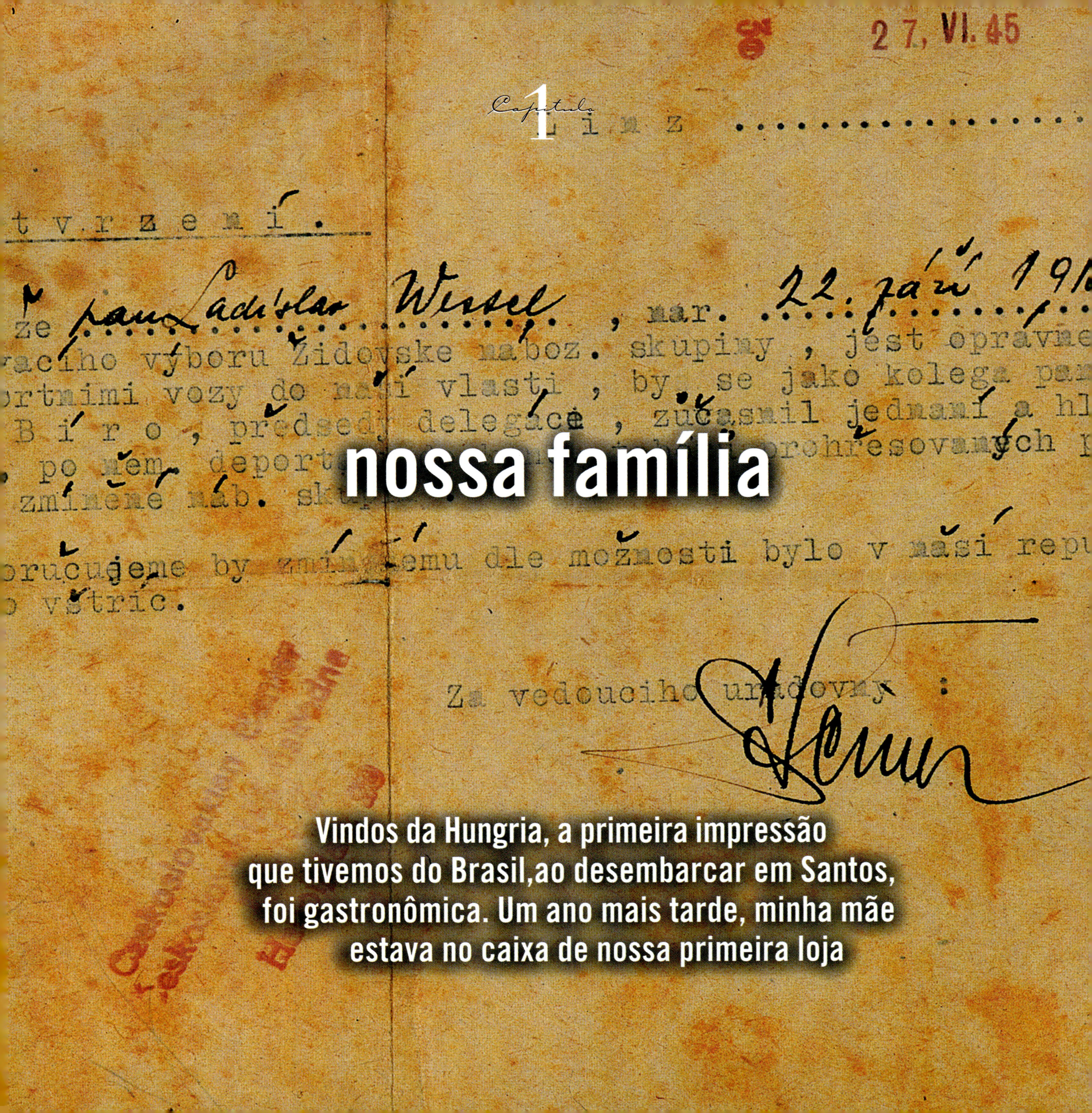


Capítulo 1

# nossa família

Vindos da Hungria, a primeira impressão que tivemos do Brasil,ao desembarcar em Santos, foi gastronômica. Um ano mais tarde, minha mãe estava no caixa de nossa primeira loja

Durante meu primeiro *tour* gastronômico, em 1983, uma das paradas foi o hotel e restaurante de Jacques Pic em Valence, na França, cem quilômetros ao sul de Lyon, uma das mais respeitadas capitais mundiais da gastronomia.

Sônia e eu chegamos e imediatamente ocupamos 25% do hotel, que tinha apenas quatro apartamentos. O sr. Pic desde cedo nos aguardava na recepção. Isso não faz tanto tempo assim, mas reserva, na época, era feita por carta, com resposta assinada, confirmando datas, preços e tudo mais. Fax era coisa do futuro. Bem, mas o sr. Pic nos recebeu e resolvi arriscar nos cumprimentos. Disse-lhe olhando nos olhos e com o peito estufado: "*Enchanté, monsieur*, sou István Wessel e esta é minha esposa, Sônia. Somos de uma família de açougueiros há quatro gerações". Os olhos do sr. Pic brilharam. Logo se apressou a nos mostrar a cozinha, a câmara fria, a adega. Convidou-nos a acompanhá-lo ao mercado no dia seguinte e antes, se preferíssemos, poderíamos ajudá-lo, às 5 da manhã, enquanto preparava pessoalmente os croissants do café da manhã.

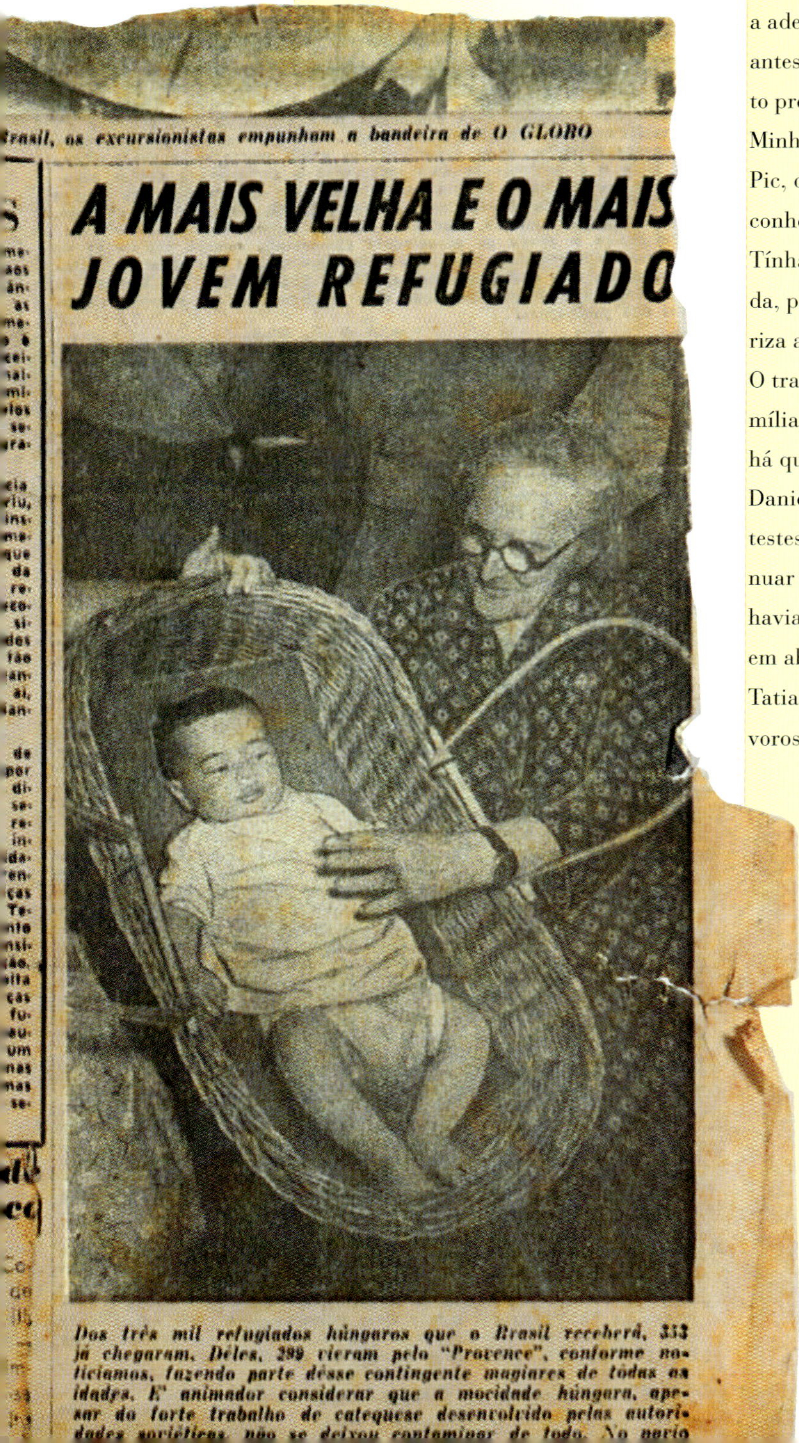
Brasil, os excursionistas empunham a bandeira de O GLOBO

A MAIS VELHA E O MAIS JOVEM REFUGIADO

Dos três mil refugiados húngaros que o Brasil receberá, 353 já chegaram. Dêles, 299 vieram pelo "Provence", conforme noticiamos, fazendo parte dêsse contingente magiares de tôdas as idades. E' animador considerar que a mocidade húngara, apesar do forte trabalho de catequese desenvolvido pelas autoridades soviéticas, não se deixou contaminar de todo. No navio

Minha ousadia na apresentação acabou me beneficiando, pois o sr. Pic, do alto de sua importância, só abriu as portas a um ilustre desconhecido como eu pelo fato de ter-me declarado açougueiro.

Tínhamos muito em comum, as profissões e a paixão pela boa comida, pela boa bebida e pelo minucioso trabalho artesanal que caracteriza a gastronomia.

O trabalho com alimentos sempre nos fascinou, a mim e à minha família, além de ser o prosseguimento de uma atividade que se iniciou há quatro gerações. E isso tem se mostrado tão forte que meu filho Daniel, aos 12 anos, submetido por nós a um daqueles enfadonhos testes vocacionais, deixou muito claro: "Quero ser açougueiro, continuar o que meu avô e meu pai já haviam continuado". Ainda agora, em abril de 1997, minha filha Tatiana, com 20 anos de idade, fervorosa defensora das profissões que envolvem formas e projetos, fraquejou dizendo *en passant*, durante recente evento gastronômico, que considerava a gastronomia como uma possibilidade para seu atribulado futuro. Marina ainda brinca, mas é também na cozinha.

Sônia, minha mulher, mal se lembra de nossos primeiros dias de vida em comum, quando telefonava para a Manuel Dutra, primeiro e atual endereço de nossa matriz, perguntando o que era e como se preparava a carne que ela tinha na mão, ainda congelada. As descrições eram confusas e a interpretação, dramática. Geralmente já passava das 10 horas da manhã e ela mal sabia que a carne deveria ser primeiro descongelada e depois preparada. Hoje Sônia é uma cozinheira de mão cheia, companheira de vida e de trabalho.

De minha mãe não posso me esquecer. Sempre cozinhou muito bem doces e salgados – isso em nossa opinião, pois no seu perfeccionismo tudo estava sempre aquém do esperado. Aos 32 anos, com a garra da juventude, a aguçada visão de oportunidade e a responsabilidade de arriscar uma vida melhor para a família, empurrou-nos para a aventura de mudar para o Novo Mundo, com pouco dinheiro, muita esperança, vontade e um grande patrimônio: nossa profissão. Meu pai foi um daqueles felizardos que chegou ao Brasil com uma profissão que lhe valeu: ele era açougueiro. Seus amigos advogados e tantos outros formados em atividades intelectuais, no entanto, tiveram que começar do zero, pois sua formação de pouco adiantava aqui. Mas eram todos jovens e muito determinados, sobreviventes de regimes políticos autoritários, sem liberdade e sem oportunidades em seus próprios países.

Posso dizer que a primeira impressão que tivemos do Brasil, ao desembarcar em Santos no dia 8 de fevereiro de 1957, foi gastronômica, e como tal nos marcou muito. Por termos saído da Hungria sem documentos, não pudemos sequer nos aproximar dos parentes que ansiosamente nos esperavam no cais. Fomos levados diretamente ao trem que nos transportaria à Casa do Imigrante, no Brás, aqui em São Paulo, onde pernoitaríamos. Só no dia seguinte seríamos registrados, recebendo nossos documentos. Entretanto, entre o embarque no trem e sua partida efetiva, algumas horas se passaram, e

**Somos de uma família de açouguei**

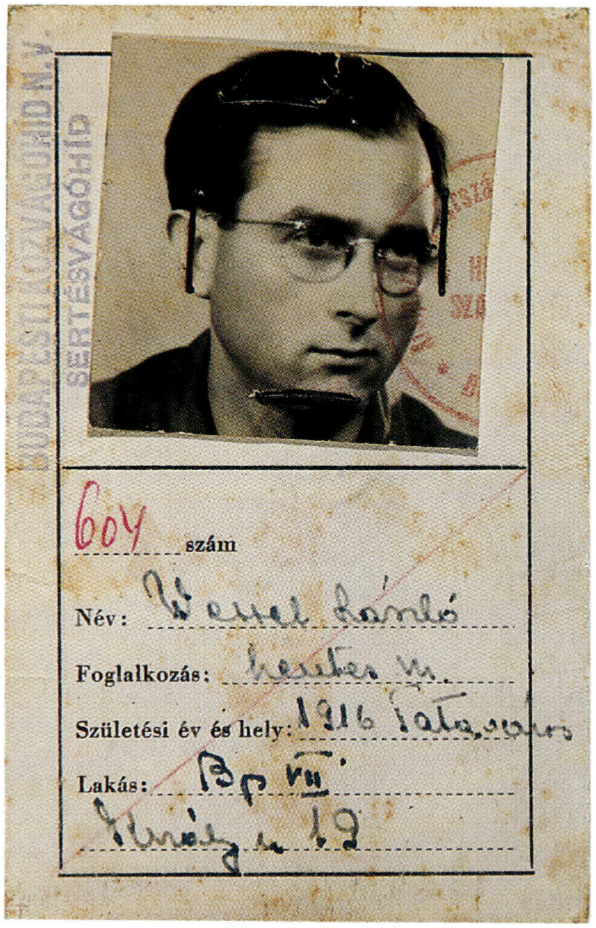
BUDAPESTI KÖZVÁGÓHÍD N. V.
SERTÉSVÁGÓHÍD

604 szám

Név: Wessel László

Foglalkozás: hentes m.

Születési év és hely: 1916 Tatavaros

Lakás: Bp VIII. Király u. 19

nossos parentes, certos de que estávamos com fome, apressaram-se em nos trazer comida. Lembro-me como se fosse hoje. Em um boteco no cais eles compraram dúzias – era o que me parecia – de mistos-frios, além de uns abacaxis, adquiridos diretamente do marreteiro do carrinho de mão. Passaram o tesouro pela janela do trem e nesse instante já tivemos a certeza de que estávamos chegando ao país certo. Isso apesar da grande decepção com a descoberta, na breve escala no Rio de Janeiro, de que a língua falada em nossa nova pátria não era o espanhol, e sim o desconhecido português...

Sanduíches de presunto e queijo se faziam – e se fazem – em todo o mundo, também na Hungria, mas com uma grande diferença: o pão é sempre maior que o recheio. Aqui, não: eram toneladas dos preciosos presunto e queijo prato, ultrapassando a borda do pão. Comemos com gosto. Pãozinho francês fresco, com presunto e queijo, que maravilha! Terminados os sanduíches, ficamos olhando para aquele estranho objeto espinhoso e verde, que jamais tínhamos visto antes, nem em fotografia. Pelos sinais que nos faziam através da janela, percebemos que se tratava também de comida. László, meu pai, sempre com uma faca pronta para exercer a profissão, mesmo nas horas mais insólitas, resolveu agir. Cortou a estranha fruta no sentido do comprimento e começou a tirar lascas.

**s há quatro gerações. Os olhos do sr. Pic brilharam**

Experimentamos. Foi uma das melhores sensações. Que terra havíamos escolhido!

Minha avó materna Ilona, então com 72 anos, não se agüentava de felicidade. Imagine o que significa na vida de uma pessoa dessa idade, que nunca saiu de seu país natal, na gelada planície central da Europa, chegar ao Brasil justo no mês do carnaval... Já instalados em São Paulo, mãos à obra: ela cozinhou em nossa casa até a semana anterior à sua morte. Pensar em cozinheira seria uma ofensa.

Meu irmão János, nessa altura, ainda não dava palpite. Aos 6 meses de idade era o mais jovem refugiado a chegar ao Brasil. Um ano depois, em 1958, Eva, minha mãe, grande cúmplice por toda a vida, já estava no caixa de nossa primeira loja. Isso depois das 10 da manhã, pois antes, enquanto meu pai desossava os quartos, era ela quem atendia a freguesia cortando a carne no balcão. A rotina do meu pai era mais atribulada. Antes de amanhecer o dia ele já estava no Tendal da Lapa (antigo centro municipal de distribuição de carnes) escolhendo as carnes que seriam vendidas. Acompanhava o entregador, chamado na época de carroceiro, e assistia à descarga da carne. Desossava e depois ficava no balcão até as 6 da tarde, de segunda a sábado. Domingo ia só até a hora do almoço.

Mas, é claro, havia a compensação. Tanto que logo na primeira semana, depois de fazer seu primeiro balancete, declarou alto e bom som para minha mãe e minha avó Ilona, que mais parecia mãe dele: "Estamos milionários!" Embora seu entusiasmo o tenha levado a se precipitar um pouco, seu cálculo era simples e preciso. Aquilo que havia ganho como balconista da Vilex – na época, a mais elegante loja de alimentos da cidade, na rua Augusta – em todo o mês anterior coincidiu com o resultado de seu trabalho na primeira semana no açougue.

E de onde vinham todo esse fervor, toda essa certeza? De seu passado, sem dúvida, e da garantia da continuidade. Nem eu nem meu filho pensamos em outra atividade senão prosseguir na profissão da família, a nossa profissão. Pela regra familiar, bem clara, meu filho deveria trabalhar em outra empresa antes de vir para a Wessel. Inútil. Esse é o nosso negócio, é nossa vida.

Recentemente, analisando as certidões de nascimento de meu pai e a minha própria, tudo isso começou a ficar mais claro. É que nas certidões húngaras vem expressa, além do nome, a profissão do pai. Na de meu pai, de 1916, consta: pai – Márton Wessel, profissão mestre-açougueiro. Na minha, de 1947, idem: pai – László Wessel, profissão mestre-açougueiro. Infelizmente não conheci meu avô paterno. Ele morreu 20 anos antes de eu nascer, levado pela gripe espanhola. Certa vez, visitando a cidade de Tata, de meu pai e de meu avô, fui conhecer o quase abandonado cemitério local. De coração na mão, procurei o túmulo de meu avô em meio ao mato já crescido, que ocultava quase todas as lápides. Ao encontrá-lo, desatei em pranto. Era do mestre-açougueiro Márton Wessel, cujo nome e profissão estão na certidão de nascimento de meu pai. Cidade: Tata. Data de emissão: 22 de novembro de 1916.

Capítulo 2

# o homem, a carne, a gastronomia

## primeiro fez-se o fogo e então inventou-se a arte culinária, e os prazeres da mesa

## O HOMEM E A CARNE

*Eis os animais que comereis: boi, ovelha e cabra...* Deuteronômio 14, 4

A carne, desde a Pré-História até os dias de hoje, passando pelas civilizações mais significativas da humanidade, sempre teve um papel preponderante na alimentação do homem. Cada uma dessas civilizações, com as mais diversas crenças, tradições e necessidades alimentares, a tratava como algo sagrado, impondo regras e leis para que pudesse ser consumida com mais segurança.

### Na Pré-História

Temos que admitir. Os hominídeos, seres aparentados ao homem atual, eram provavelmente vegetarianos. Alimentavam-se de frutos, grãos e raízes. Estamos falando de mais de 6 milhões de anos atrás, dos *Paranthropus*. Já mais recentemente, há apenas 4 milhões de anos, os *Australopithecus*, que viviam nas savanas, regiões primitivamente secas da África Meridional e Oriental, por instinto vital reforçaram sua alimentação vegetariana com carnes de caças, antílopes, javalis, renas e bisontes, principalmente. Talvez isso explique por que, em diversas aldeias do centro da África, a idéia de comida se representa com a mesma palavra que significa carne.
Foi pela vontade de caçar que o homem se tornou ereto, para enxergar melhor suas presas. O homem paleolítico consumia as carnes dos animais que caçava e provavelmente as comia cruas. É que, nessa época, a humanidade ainda não conhecia o fogo. A temperatura era glacial, assim o frio permitia longa conservação da carne *in natura*, portanto comestível.
Então o homem aprendeu a fazer o fogo, o que transformou a sua vida. Estava descoberta a arte culinária. Estavam inventados o assado e o guisado. Rapidamente criaram-se métodos de conservação para a carne, que era enterrada em cinzas quentes e depois posta para secar ao ar livre.
A cultura neolítica deu mais um grande passo, estabelecendo as bases para a formação do mundo

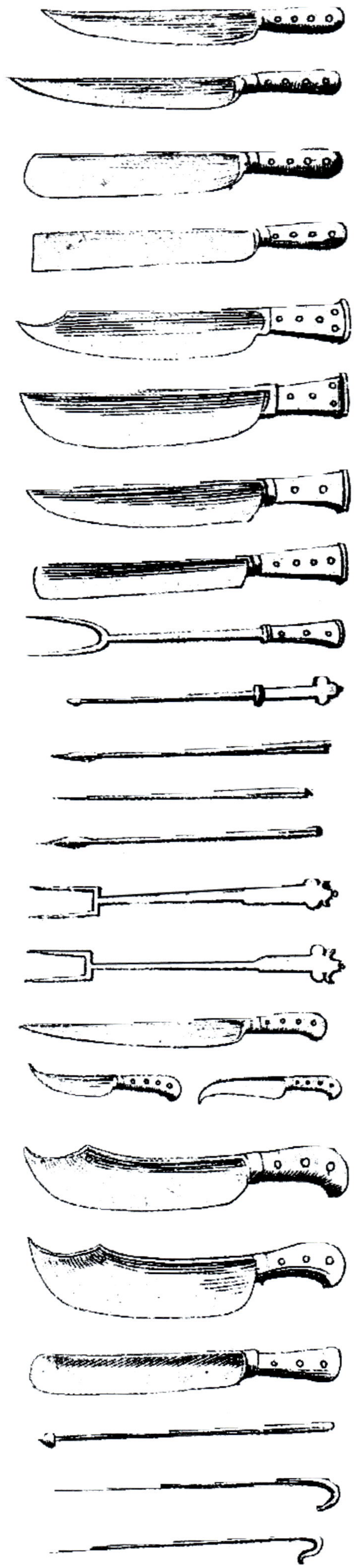

## Agamenon ofereceu ao corpulento boi de cinco principais capitães

atual. Interferindo no ambiente, o homem passou a produzir seu próprio alimento, cultivando plantas e domesticando os animais – um dos maiores progressos da humanidade. Pode-se afirmar, com toda a segurança, que o homem criava animais 5 mil anos antes de Cristo, todos os animais domésticos que conhecemos atualmente: bovinos, eqüinos, ovinos, caprinos, suínos e, nos países nórdicos, as renas. Uma curiosidade: os povos, em todas as épocas, preferiam a carne de animais herbívoros àquela de animais que se alimentavam com carnes de outros animais.
Domesticados, os animais se converteram em reserva alimentícia da humanidade. O homem se fez pastor, e o cão, o primeiro animal domesticado, passou a ser utilizado como importante auxiliar na caça. Estava criado o primeiro ofício. Sobre essa época escreve De Morgan: "Já não se contenta o neolítico com as peles dos animais para vestir-se, com a carne para se alimentar; tece a lã e as fibras vegetais, sujeita os animais à sua vontade, cria o gado, constrói casas sobre a terra e sobre a água e cultiva os cereais".

### Na Antiguidade

Algumas das crenças dos povos primitivos sobre a qualidade e o comércio da carne dos mamíferos, conhecida e utilizada como alimento do homem desde as mais remotas eras, passaram integralmente aos textos que formam os livros sagrados das mais antigas religiões conhecidas pela história.
A Bíblia dos povos cristãos estabelece preceitos muito claros quanto aos animais que se podem comer. No *Levítico*, versículo 3 do capítulo 11, está escrito: "todo quadrúpede de casco partido e fendido em duas unhas, e que rumina, podereis comer". Quanto ao porco, que chama de animal imundo, o versículo 7 faz uma ressalva: "o porco, pois, embora tenha o casco partido e fendido em duas unhas, não rumina, será imundo para vós".
Ampliando esses conceitos, o *Deuteronômio*, no capítulo 14, determina: "Eis os animais que comereis: boi, ovelha e cabra; veado, gazela e corça; cabra montês, antílope e gamo" (versículos 4 e 5). "Mas não comereis, apesar de ruminarem ou terem o casco partido e dividido em duas unhas distintas:

# poderoso Jove um anos e convidou os para o sacrifício

camelo, lebre, coelho, animais que ruminam mas não têm o casco dividido, são impuros para vós. O porco, que tem casco fendido mas não rumina, é impuro para vós. Não lhes comereis as carnes nem lhes tocareis os cadáveres" (versículos 7 e 8).

A proibição de comer carne de porco também se encontra no Alcorão, livro sagrado do islamismo, que contém as doutrinas de Maomé: "Deus veda comer animais mortos, sangue e carne de porco". Em contrapartida, os muçulmanos comem carne de camelo, considerada por eles um verdadeiro manjar. O rito judaico, por sua vez, considera a carne – e o sangue – de porco um alimento não-*kosher* (palavra que significa "limpo, próprio para consumo humano"). Ainda sobre esse assunto o *Deuteronômio* diz: "O sangue, não o comerás, na terra o derramarás, como água". Tanto o rito judaico como o muçulmano impõem normas severas para a matança das reses que servem de alimento humano, cujas características serão descritas mais adiante.

## Os egípcios

Muitas são as fontes que fazem referência aos costumes alimentares dos antigos egípcios. Esse povo consumia de muito bom grado carnes de reses bovinas, ovinas e caprinas, porém tinha também como proibido o consumo de carne de porco. Sobre esse assunto escreveu Heródoto: "Os egípcios consideravam o porco como animal abominável: os porcos serviam unicamente para os sacrifícios oferecidos à Lua". Os antigos egípcios comiam carne assada, mas tinham preferência pela carne cozida. Utilizavam grandes panelas apoiadas em trempes, onde, sobre o fogo de lenha, aqueciam a água para o cozimento, reservando o carvão para a preparação do assado. Com relação ao conceito desse povo sobre o valor alimentício da carne, Heródoto contava, com ironia, a seguinte história, quando o rei persa Cambises I conquistou o Egito (522 a.C.): "Um rei da Etiópia perguntou qual era a comida corrente do rei da Pérsia, e quanto costumava viver o persa que mais vivia. Respondeu o persa que o sustento corrente em seu país era o pão e o vinho como bebida; e que a mais longa vida tinha, em média, 80 anos. Por sua vez o persa perguntou qual era a comida e quão longa era a vida dos etíopes. A resposta foi: a vida de muitos chegava aos cento e vinte anos; e quanto ao alimento a carne cozida era a mais freqüente e o leite fresco, a bebida corrente".

## Os gregos

Entre os gregos antigos, os heróis de Homero ofereciam grandes banquetes de carne assada. Na *Ilíada* encontra-se a seguinte referência: "Agamenon ofereceu ao poderoso Jove um corpulento boi de cinco anos e convidou os principais capitães ao sacrifício. Despedaçada a rês, o fogo consumiu a porção do sacrifício e o resto foi cortado em grandes fatias que espetadas em pungentes ferros foram assadas e quando o fogo chamuscou a carne, a comeram".

Já na Grécia civilizada, a "ateniense", consumiam-se os mesmos tipos de carne que figuram hoje em nossa mesa. Os atenienses deixaram rastros visíveis na história que provam terem sido pessoas que sabiam desfrutar os pequenos prazeres da vida. Na mesa, não eram glutões, e sim *gourmets*. Foram os gregos que se preocuparam em estabelecer diferenças entre as distintas classes de carnes e sua relação com a espécie e a idade do animal. O médico Filotimo aconselhava o consumo da carne de animais adultos por considerá-la melhor que a dos animais jovens, e a carne destes era preferível à dos animais velhos.

### Os romanos

Na cultura romana encontramos muitas notícias referentes ao consumo de carnes das mais variadas espécies. Muito conhecidos são os versos de Juvenal em suas *Sátiras*: "Nem cortar uma bezerra, nem dividir uma galinha meu servo sabe, que é aprendiz e rude, só entende de cortar em pedaços a carne de porco..."

Toda nossa organização vigente no comércio da carne tem sua origem na legislação romana, que rompeu a relação direta existente entre o sacrifício de animais e a matança de reses. Os sacrifícios por motivos religiosos continuavam sendo realizados nos templos, porém se instituiu a matança industrial para o abastecimento público de carnes. O abate, que inicialmente se realizava nas casas, lentamente deu lugar à indústria da carne. Nasce então o açougueiro, ofício que representa, entre os povos civilizados, uma importante ocupação do homem.

No Império Romano, a organização municipal foi mais longe, chegando a estabelecer as idades convenientes para o abate de cada animal. Segundo Plínio, o leitão era próprio para abate aos cinco dias, o cordeiro no oitavo e a vitela aos trinta. Na prática, as vitelas podiam ser abatidas quando o rabo tocava o jarrete, a parte posterior do joelho. Corucanto, por sua vez, dizia que os ruminantes deviam ser abatidos quando já tivessem todos os dentes.

Foi também em Roma que se estabeleceram a inspeção sanitária e a regulamentação do comércio de carnes. O documento mais divulgado sobre esse tema são os Estatutos de Impostos e Taxas de Diocleciano, do ano 301 d.C., que contêm os preços de venda dos principais produtos cárneos.

## Na Idade Média

### Os costumes judaicos

No rito judaico, durante toda a Idade Média, cumpriam-se rigorosamente os preceitos e as proibições impostos pela religião desde a mais remota Antiguidade. A matança de reses para o abastecimento público, praticada nos mesmos moldes até os nossos dias, constituía e constitui ainda um mandato religioso submetido a várias normas e práticas tradicionais. A degola é feita no solo, e o degolador, chamado de *schochet*, começa por assegurar-se da integridade de sua faca, cujo corte deve ser como o da navalha usada pelos barbeiros. Para testar o fio da faca passa-a na ponta da unha, procurando alguma eventual imperfeição da lâmina. Convencido do bom estado da ferramenta, acerca-se do animal, apóia os joelhos no solo e, seguindo as palavras do Levítico – "porá sua mão sobre a cabeça do bezerro e o degolará" –, faz ao mesmo tempo a seguinte oração: "Bendito Vós, Deus, Rei do mundo, que nos santificais com vossos preceitos e nos encarregastes desta degola". Imediatamente, e de um só golpe que chega até as vértebras do animal mas não as toca, o rabino secciona-lhe o pescoço com todos os vasos e artérias. Terminada a degola, o rabino examina novamente a lâmina à procura de alguma imperfeição. Se nada for encontrado, significa que a faca não tocou os

# Os atenienses sabiam desfrutar os pequenos prazeres da vida; na mesa não eram glutões, mas sim gourmets

ossos e assim não houve sofrimento por parte do animal. Caso se constate algum defeito na lâmina, a carcaça é condenada, não podendo receber a qualificação de *koscher*. Segundo a legislação hebraica, existem apenas duas categorias de carnes com relação à comestibilidade: a *koscher*, que é limpa, comestível, e a *trifa* ou *treif*, considerada impura ou não-comestível.

### A tradição muçulmana

Também os costumes muçulmanos relacionados com o abastecimento e consumo de carnes seguem até hoje detalhes muito característicos, ainda que alguns guardem semelhanças com os do povo judeu. Atendendo aos preceitos do Alcorão, proíbe-se terminantemente o consumo de carnes de animais como cavalo, mula, asno, gato e raposa. São alimentos lícitos as carnes bovinas, caprinas, ovinas e as de camelo. As carnes de maior aceitação, no entanto, são as do gado lanoso. O naturalista Cháhid defende o consumo de reses castradas quando diz: "O animal castrado é mais frio que o inteiro e tem, quando está gordo, carne mais gostosa, agradável e mais fácil de digerir, porque passa lentamente pelos intestinos; quando é magro, pelo contrário, tem características relacionadas com a rapidez na passagem pelo intestino, alimentando menos".

Na matança, a tradição árabe equivale à judaica, pois também se testa o corte da faca com a unha e se condenam as carnes dos animais degolados com imperfeição.

O sangue é igualmente derramado no solo, uma vez que não é considerado como próprio para o alimento humano. E, curiosamente, as leis do Alcorão também proíbem a carne de porco.

## A CARNE E A GASTRONOMIA

*Gastronomia é a arte de selecionar, preparar, servir e desfrutar alimentos finos.* Brillat-Savarin

Brillat-Savarin, o célebre aforista e autoridade gastronômica francesa do século XVIII, definiu ainda gastronomia como "o conhecimento inteligente de tudo que diz respeito à alimentação do homem".

Através dos tempos a gastronomia provou ser a mais importante força cultural entre os povos. Hoje o mundo efetivamente se divide entre as diversas regiões gastronômicas, em que prevalecem cozinhas variadas e práticas comuns de cozimento.

A Ásia, em sua maior parte, constitui-se na região do arroz e do coco. O arroz é apreciado por milhões de pessoas de línguas e costumes totalmente diferentes entre si e que têm em comum apenas os hábitos dietéticos. Índia e Indonésia são as terras dos temperos e especiarias. Azeite de oliva é o que caracteriza a cozinha mediterrânea. Na Espanha, na Itália, em Portugal, na Grécia e entre vários povos do Oriente Médio que bordejam o Mediterrâneo o azeite é a gordura do cozimento e da preparação de centenas de pratos. A Europa setentrional, assim como a América do Norte, usa outras gorduras, como a manteiga e a banha de porco e de galinha, e o denominador comum entre essa terras é o trigo, sua principal colheita. Na América Latina prevalece o milho como base das comidas primitivas.

E a questão se coloca: existiria gastronomia sem carne? Claro que não, assim como não há quem faça pouco caso do mais conhecido prato da culinária britânica, o roast beef. A carne foi sempre uma das comidas favoritas na Grã-Bretanha, onde o roast beef of Old England é o prato nacional por excelência. O apelido *beefeaters* – literalmente "comedores de carne" –, dado aos soldados que faziam e fazem até hoje a guarda da Torre de Londres, refere-se ao criado que mora com a família e que é alimentado com a melhor dieta.

**Foi em 1096, a criação do primeiro açougue em Paris. Constituiu-se, então, a poderosa casta da Grand Boucherie**

Outro prato tipicamente britânico, o oxtail soup, ou sopa de rabo de boi, pode ter vindo da França (para a infelicidade do orgulho britânico), trazido por imigrantes foragidos da Revolução de 1789. O livro de Menon de 1774, *La Cuisinière Bourgeoise*, contém na página 43 a receita de queue en hochepot, que é, sem tirar nem pôr, a famosa receita tida como britânica...

O primeiro passo importante em direção à gastronomia foi o uso do fogo para cozinhar a carne, atividade que exigia a reunião do grupo ou da família. Estava assim instituída a refeição. Na Grécia antiga, os atenienses acreditavam que a hora da refeição proporcionava a oportunidade de alimentar não só o corpo, mas também a alma. Eles se reclinavam em sofás enquanto se servia a comida, acompanhada de música, poesia e dança.

Os gregos proporcionaram a base filosófica do bem viver, o epicurismo, teoria criada pelo filósofo grego Epicuro (341-270 a.C.), segundo a qual a felicidade consiste em assegurar-se de um máximo de prazeres com um mínimo de dores, para a saúde do corpo e sossego do espírito. Epicuro pregava que o prazer era a principal finalidade da vida – mas o prazer não implicava a auto-indulgência dos dias de hoje. Epicurista, segundo definição atual, é alguém "dotado de sensibilidade e gosto com muito discernimento para comidas e vinhos".

Enquanto os gregos antigos pautavam-se pela moderação, os romanos eram conhecidos por seus excessos. Os cidadãos comuns subsistiam com alimentação baseada em cevada e mingau de trigo, peixe e pinha moída. Já os aristocratas e poderosos devoravam enormes quantidades e variedades de comidas. Em seus generosos banquetes serviam-se cem tipos de peixes e carnes de boi, porco, vitela, cordeiro, antílope, pato e pavão. Ordenavam a vinda de gelo e neve dos Alpes para conservar os alimentos perecíveis e despachavam emissários para além do Império Romano a fim de buscar iguarias exóticas.

Os romanos, no entanto, embora dessem grande importância à comida, não eram *gourmets* no verdadeiro sentido da palavra. O termo implica sensibilidade e discernimento, o que a eles faltava. De Máximo diz-se que comia trinta quilos de carne por dia. A Albino atribui-se o exagero de ter consumido trezentos figos, cem pêssegos, dez melões e uma vasta quantidade de outras comidas em uma única ocasião.

Na Idade Média, os banquetes e festas se caracterizavam por grande extravagância. Nas casas das pessoas mais influentes eram servidos enormes quartos de boi, carneiro e porco. Caças, como ouriço e pavão, também freqüentemente faziam parte das refeições. Carnes e outras comidas eram assadas em espetos junto às mesas. Carne e gastronomia, portanto, sempre estiveram à mesma mesa, com mais ou menos refinamento, maior ou menor variedade, mas sempre ligadas ao prazer e à sensibilidade.

### Açougues e açougueiros

Já na Roma antiga a profissão de açougueiro foi regulamentada, dotada de privilégios e diversificada de acordo com os animais que se abatiam. As legiões romanas eram acompanhadas de especialistas encarregados de comprar os animais para prover o exército.

Foi em 1096, há mais de novecentos anos, portanto, que se criou o primeiro açougue de Paris, onde hoje é a praça do Châtelet. Durante o reinado de Filipe Augusto havia perto de vinte casas de carne, e os açougueiros obtiveram do rei um despacho que lhes concedia a propriedade perpétua de seu estabelecimento. Assim se constituiu a rica e poderosa casta da Grand Boucherie (o Grande Açougue), dirigida por muito tempo por famílias de grande influência política na sociedade parisiense. Os açougues limitavam-se à venda de carnes de boi, vitela, carneiro e cabrito.

Aos comerciantes de frios era permitida a comercialização da carne de porco.

Em 1589, na França, foram regulamentados os direitos e obrigações dos açougueiros. Entre as obrigações estava a de possuir uma balança e assim vender a carne de acordo com o peso, e não estimando o preço a ser pago, como era feito então. Até a Revolução Francesa a corporação dos açougueiros encontrava-se nas mãos de uma vintena de famílias.

Os aspirantes ao título de mestre-açougueiro deviam oferecer um círio (grande vela de cera) e um bolo de ovos ao chefe da corporação, além de quatro peças de carne à sua esposa.

O que nunca mudou na profissão de açougueiro foram as ferramentas. Todo açougueiro tem suas facas e uma chaira para manter o fio das lâminas. Deve-se ter no mínimo três facas: uma para desossa, de 15 centímetros, outra um pouco maior, de 20 centímetros, para cortar peças menores de carne e finalmente uma de 25 centímetros para fatiar carnes de maior volume. Facas e açougueiros são íntimos companheiros de trabalho desde que foi criada essa antiga e respeitada profissão.

**A importância da carne**

*Carne de boi é a alma da cozinha.*

Marie-Antoine Carême, arquiteto da Grande Cozinha Francesa

Por possuir um alto valor biológico, a carne é indispensável em nossa alimentação. Como cerca de 20% de sua composição química é albumina – e os cientistas estabelecem uma cota diária de 120 gramas de albumina –, é fácil compreender a necessidade de seu consumo. Do ponto de vista das albuminas, importantes proteínas animais, somente o leite supera a carne no reino dos alimentos. Na época da Primeira Grande Guerra os cientistas Lusk, Sherman, MacCallum e Simmonds concluíram ser necessário um grama de albumina por quilo de peso de um adulto em condições normais. Por esse estudo, aproximadamente 70 gramas diárias seriam suficientes para a manutenção de uma dieta sadia. Embora muitos vissem e ainda vejam no abuso da ingestão de carnes a causa de males como a arteriosclerose, observações bem-orientadas vieram provar a improcedência desse juízo. A inocuidade do uso

liberal da carne foi comprovada com o acompanhamento da saúde dos esquimós. Esses povos, pela ausência quase completa de vegetação em suas terras, vivem das carnes de caças, peixes, tutano e gorduras. Com essa alimentação gozam de boa saúde e vida longa. Essas conclusões foram reafirmadas pelo célebre explorador Stephansson, que viveu vários anos nos pólos, relatando hábitos e características antropológicas dos esquimós em seu livro *My Life with the Eskimos*.

Josué de Castro, importante médico, geógrafo e sociólogo pernambucano, grande defensor da carne como alimento, refuta os argumentos de que os povos carnívoros tenham caráter irritável e belicoso. Refere-se aos esquimós dizendo: "eles que consomem tanta carne são muito mais brandos e pacíficos que os guerreiros compatriotas de Hitler que consumiam mais cerveja que carne".

Outro engano, freqüente entre seus colegas médicos, é referido por Josué de Castro em seu livro *Alimentação e raça*, editado em 1936 pela Editora Civilização Brasileira: "Os médicos antigos tinham verdadeiro horror à carne e suprimiam-na sistematicamente da alimentação da maior parte de seus doentes. Bastava uma simples elevação de temperatura e vinha a primeira indicação dietética: não comer carne".

Ainda hoje a carne é aconselhada com muita reserva pelos médicos, embora se saiba que mesmo doentes crônicos renais e gástricos podem muito bem fazer uso dela desde que corretamente preparada. Cozida em fogo lento, de início sem sal, em duas horas a carne sofre uma grande transformação. Com a cocção passam para o caldo as albuminas solúveis e as peptonas (excitantes que aumentam a acidez gástrica), as substâncias extrativas e os pigmentos (irritantes da célula hepática), o ácido lático, etc., de forma que restam na própria carne apenas as albuminas insolúveis e a água.

É curioso que a esses doentes, aos quais se proíbe habitualmente a carne, é permitido o consumo de sopas à base de seu caldo, quando é exatamente no caldo que se concentram os elementos nocivos à sua saúde alterada.

Mas não se conclua apressadamente que o caldo de carne seja prejudicial à saúde. Ao contrário, ele tem suas indicações na alimentação de inapetentes, por exemplo, pois estimula a secreção de fermentos digestivos, facilitando assim a digestão e intensificando o apetite.

## A GASTRONOMIA E O HOMEM

*Gosto de cozinheiros que sorriem alto, quando experimentam seu trabalho. Deixe Deus se preocupar com sua modéstia; o que eu quero ver é seu entusiasmo.* Robert Farrar Capon

A gastronomia sempre esteve tão ligada à França quanto o azeite à cozinha mediterrânea. Os franceses foram os maiores cultores dessa arte, os que mais a apreciaram e a promoveram. Mas talvez poucos se dêem conta de que a origem da chamada Grande Cozinha Francesa está na Itália, a mãe da cozinha ocidental, cuja maior contribuição foi provavelmente sua influência sobre a própria França. O evento que marcou o início dessa bem-vinda influência foi a chegada triunfal na França de Catarina de Médicis, no século XVI. A bisneta de Lourenço, o Magnífico, casou-se com um jovem que mais tarde se tornaria o rei Henrique II da França. De Florença Catarina trouxe em sua comitiva cozinheiros que aprenderam as sutilezas da cozinha renascentista, como *aspics*, animelas (*ris de veau*, em francês), corações de alcachofra, trufas, massas, sorvete e até *zabaglione*. Com tudo isso deu-se uma nova elegância à mesa francesa. A corte de Catarina de Médicis era um verdadeiro paraíso na Terra e uma escola para toda a nobreza francesa.

Maria de Médicis, prima de Catarina e que se casou com Henrique IV, trouxe mais avanços para a culinária francesa. Na época, em 1652, apareceu um importante livro de cozinha chamado *Le Cuisinier Français*, escrito por La Varenne – cujo nome é usado hoje em uma das mais importantes escolas de cozinha da França –, um refinado *chef* que se acredita ter aprendido o ofício na cozinha de Maria de Médicis. Foi o primeiro a apresentar receitas em ordem alfabética e também o primeiro a ensinar a arte de cozinhar vegetais. Os temperos passaram a ser usados com mais sutileza para não competir com o sabor intrínseco dos ingredientes. Trufas e cogumelos acrescentavam delicados sotaques, e os assados eram servidos em seu próprio molho para que preservassem seus aromas essenciais. Um tento fundamental foi marcado na gastronomia francesa quando se aceitou o princípio de que o cozimento e os temperos tinham por finalidade evidenciar os sabores e aromas naturais dos alimentos, e não dissimulá-los.

Partindo dessas premissas, La Varenne começou a cozinhar os peixes em *fumet*, ou seja, no caldo de suas espinhas, cabeças e rabos. Os pesados molhos engrossados com pão foram trocados pelo delicado *roux*, preparado com farinha de trigo tostada em manteiga e banha. Seu livro de cozinha foi um marco na gastronomia, mas muito tempo se passou até que suas técnicas fossem incorporadas às tradições francesas.

Antes da Revolução, extravagância e ostentação eram os símbolos da gastronomia francesa. Os jantares no Palácio de Versalhes na época do Rei Sol, Luiz XIV, o francês mais excêntrico de seu tempo, foram sem precedentes. Nas cozinhas, distantes da área freqüentada pelo rei, um verdadeiro exército de mais de mais de trezentos homens cuidava do preparo dos banquetes. A comida era então carregada para a grande sala de jantar por uma procissão de criados liderados por dois arqueiros, o administrador-chefe e outros notáveis. Com o anúncio "A carne do rei!" avançava a legião de serventes carregando cestas com facas, garfos, palitos de dente, especiarias e temperos. Uma equipe de provadores certificava-se de que a comida não estava contaminada, para então liberá-la à gula do rei.

Embora Luís XIV seja sempre lembrado por sua extravagância, não podemos nos esquecer de que ele tinha um genuíno interesse pela arte culinária. Estabeleceu novos protocolos à mesa, segundo os quais os pratos eram servidos seguindo uma seqüência lógica, e não simplesmente espalhados pela mesa antes da refeição. Durante seu reinado foi fundada a fábrica de porcelana de Sèvres e o garfo passou a ser largamente utilizado.

A Revolução mudou tudo na França. Antes, os principais *chefs* davam mostras de sua arte nas cortes, para a aristocracia. Com o fim da realeza eles acabaram se instalando nas cozinhas dos restaurantes, principais palcos das criações culinárias. Como em nenhum outro país a criatividade desses gênios da gastronomia foi tão respeitada, surgiu na França uma verdadeira casta de novos *chefs*. O primeiro e o mais importante foi Marie-Antoine Carême, conhecido como o Arquiteto da Culinária Francesa.

Filho de uma família de 16 irmãos, Carême, aos 11 anos, foi levado pelo pai a Paris, que o alimentou em um bistrô e em seguida o abandonou. Para nossa sorte, o menino foi logo encontrado e levado a trabalhar em uma cozinha. Mudou-se depois para uma doceira fina, onde aprendeu a cozinhar, ler e desenhar. Mais tarde Carême foi empregado pelo ministro francês das Relações Exteriores, Charles-Maurice de Talleyrand, que não era apenas um inteligente diplomata, mas um gastrônomo de renome. Talleyrand acreditava que uma bela mesa era o melhor cenário para manobras diplomáticas, onde ele, como anfitrião, levava nítida vantagem. Carême deixou importantes obras escritas, entre elas *Confeiteiro real parisiense*, de 1815, e *A arte da cozinha no século XIX*, de 1833.

Depois de Carême, dois outros homens levaram grande interesse à culinária francesa: Montagné e Georges Auguste Escoffier. A maior contribuição de Montagné, um dos mais importantes *chefs* da gastronomia de seu país, foi a criação do *Larousse Gastronomique* em 1938, a enciclopédia definitiva da culinária francesa. Montagné descartou as grandes e supérfluas decorações de travessas criadas por Carême, persuadindo Escoffier a segui-lo. Escoffier, embora bastante impressionado, de início relutou em aderir a suas idéias, até que seu amigo e colaborador Philéas Gilbert convenceu-o de que Montagné estava certo. Escoffier inventou diversos pratos, servidos até hoje pelo mundo afora, entre eles pêche melba, sobremesa homenageando a soprano australiana Nellie Melba, e tournedos rossini, feitos com fatias da parte central do filé-mignon, cobertas por foie gras e trufas, em homenagem ao célebre compositor italiano de mesmo nome.

A Grande Cozinha Francesa é provavelmente o único sistema estruturado e organizado de gastronomia no mundo. Muitos dos seus pratos são inter-relacionados e seus nomes já descrevem com clareza sua forma de preparo. Somente no capítulo sopas a cozinha francesa tem quatro divisões muito bem detalhadas, indicando sua apresentação e preparo. O *consommé* é um caldo claro, seja de carne bovina ou de ave; o *potage* é uma sopa mais grossa, mais substanciosa; há ainda os *crèmes* e, finalmente, os *veloutés*, preparados com molho branco à base de creme de leite.

**Os assados eram servidos em seu próprio molho para que preservassem seus aromas essenciais**

Da cozinha rebuscada de Carême, com seus acompanhamentos supérfluos, aos pratos explícitos de Escoffier, guardião da reforma culinária, passando pela praticidade introduzida por Montagné, muita coisa mudou. Hoje, ninguém mais tem o tempo de que dispunha antes para comer. A praticidade passou a dominar e a determinar o que se deve – e como – ser comido. Surgiram as comidas rápidas, e aprendemos que muitos bons pratos podem, sim, ser preparados sem que se passe metade do dia no mercado e a outra metade na cozinha. Em nossa sociedade atual, no novo *modus vivendi*, que supervaloriza o tempo, às vezes em detrimento da própria qualidade de vida, muito mudou, menos a função da gastronomia. Ela esteve sempre do lado do homem, ajudando, mesmo nas situações mais adversas, a fazer da refeição muito mais que um modo de subsistência, tornando-a uma das mais difundidas e sinceramente apreciadas formas de prazer humano.

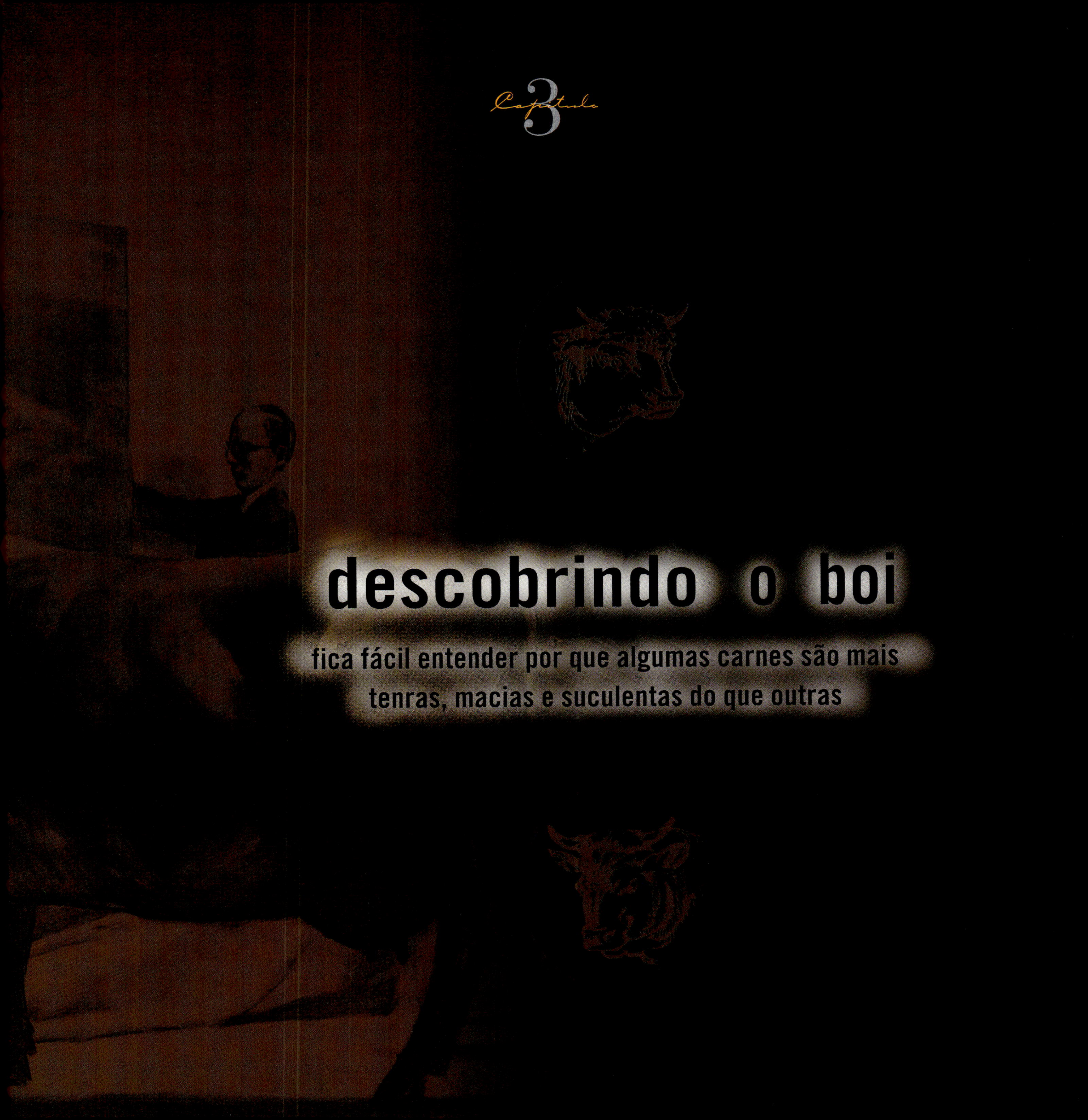

Capítulo 3

# descobrindo o boi

fica fácil entender por que algumas carnes são mais tenras, macias e suculentas do que outras

1
2
3
4
5
6
7
8
9
10
11
12
13
14
15
16
17
18
19
20

1. pescoço

2. acém

3. peito

4. paleta

5. fraldinha

6. ponta de agulha

7. filé-mignon

8. bisteca

9. contrafilé

10. capa de filé

11. músculo do dianteiro

12. coxão duro

13. maminha

14. coxão mole

15. lagarto

16. patinho

17. músculo traseiro

18. costela

19. fraldinha

20. alcatra

Não é de hoje que o homem se alimenta de carne bovina. O início da domesticação desse grande animal com finalidade nutritiva se deu na Turquia ou na Macedônia entre 6100 a.C. e 5800 a.C. – bem antes, portanto, da invenção do colesterol.

Há gerações e gerações que nos acostumamos a ver as diversas partes que compõem o boi representadas em desenhos invariavelmente errados, repetidos com maior ou menor pretensão artística em livros de receita do mundo inteiro. Mas por que o desenho está sempre errado? Por uma razão muito simples: o boi é um animal tridimensional, já o desenho...

Esses diagramas, no entanto, por mais incorretos que sejam, de uma maneira ou de outra acabam cumprindo sua finalidade principal, que é mostrar aproximadamente em que região do animal se encontra determinada carne. Só assim podemos entender por que uma carne é mais dura e outra mais macia, por que uma é seca e outra suculenta. As razões são mais do que lógicas. Os cortes, que é como chamamos cada tipo de carne, são mais ou menos macios dependendo de sua localização no animal. As pernas, por serem responsáveis pelo movimento, se tornam musculosas, portanto os cortes provenientes dela são mais duros. Já o lombo ou as costas pouco se movimentam, produzindo assim cortes mais macios. A parte dianteira é mais exigida que a traseira, por isso suas carnes são sempre mais duras que as do traseiro – mas, em compensação, são mais suculentas.

É bom lembrar que quando nos referimos a carnes duras ou macias estamos tratando de bife, pois para cozidos e até assados não existe carne dura, já que durante o preparo a maciez pode sempre ser alcançada. É importante também deixar claro que estamos falando de carnes obtidas de animais sadios, nem muito novos nem muito velhos, digamos entre 24 e 30 meses.

Pois bem, o bife é o responsável por um dos maiores mal-entendidos da gastronomia brasileira, a história da tal "carne de primeira" e da "carne de segunda". De uma vez por todas: não existe carne de primeira nem de segunda. Foi a paixão brasileira pelo bife que estabeleceu essa terrível discriminação. As partes macias e próprias para bife foram logo elevadas à categoria de carne

## A maturação da carne

Uma das maiores "viradas" nos rumos da carne brasileira foi dada em 1969 pela Wessel. Durante longo estágio na Holanda, no frigorífico de um tio distante mas muito querido, chamado carinhosamente de Uncle Boy, tomei conhecimento da moderna técnica de maturação de carnes. (Uncle Boy me ensinou outras coisas importantes como apreciar iguarias e um bom café acompanhado de um "puro habano".) Fiquei de boca aberta com o avanço: havia sido decretado o fim da carne dura.

Os antigos métodos usados por meu avô eram bem diferentes. Enquanto hoje se maturam apenas carnes selecionadas, de acordo com o uso que se quer dar a elas, naquela época maturava-se toda a carcaça – naturalmente, não havia ainda embalagem a vácuo. Agora, com a economia moderna, não há mais sentido em tal desperdício. Voltei para o Brasil e imediatamente vendi a idéia para meu pai, o que não foi nada difícil. Afinal, aumentar as opções para os clientes era nosso sonho havia muitos anos. Naquele tempo, vivíamos o reinado do filé-mignon. Tudo se fazia com ele, até churrasco, bem-passado, é claro, servido no pão e com molho vinagrete. A razão para isso era muito simples: o filé era a única carne realmente macia.

Mas se vender a idéia para meu pai foi fácil, convencer o único fornecedor de embalagens e máquinas a vácuo, a Grace, foi tarefa das mais árduas. Perguntavam para aquele garoto atrevido (eu tinha 22 anos na época): "Você sabe o que está querendo fazer com nosso produto? Você acha que podemos arriscar nosso nome por mal uso de nosso equipamento?" Eles tinham certa dose de razão, mas eu tinha mais ainda. Assim, depois de pressões e discussões, a Grace acabou cedendo, e em junho de 1969 a Wessel "tirou do forno" a primeira carne maturada produzida neste país.

A maturação, hoje muito difundida, é bastante simples. Trata-se de um método totalmente natural de amaciamento. As enzimas da própria carne é que a deixam mais macia. Claro que isso não acontece da noite para o dia. Antes, a carne descansa de 21 a 30 dias a zero grau e depois é embalada a vácuo para inibir a multiplicação de microrganismos. E é só! Ou quase, pois as carnes têm que ser de boa qualidade e sua higiene exagerada, é o mínimo que se pode exigir. Se a higiene não for perfeita, adeus! Seguindo esses preceitos básicos – boa matéria-prima e higiene – essa técnica faz milagres, deixando as carnes macias, mas sem interferir em sua textura.

Voltando à nossa história, com a maturação outras carnes, como miolo de alcatra, contrafilé e bisteca, também poderiam ser oferecidas aos nossos clientes. Aí começava outro drama: como explicar isso a eles? Nos anos 60, açougue que se prezasse tinha uma placa na porta: carne fresca diariamente. Como é que poderíamos dizer "carne velha todos os dias?" A solução foi esconder a verdade por anos, até que, no fim de 1974, com a abertura de nossa primeira filial na avenida Faria Lima, começamos a divulgar esse feito, esclarecendo nossos clientes – e, é claro, nossos concorrentes. Não tardou muito para que fôssemos copiados e víssemos os novos "pais" da maturação brotarem na cidade como cogumelos selvagens.

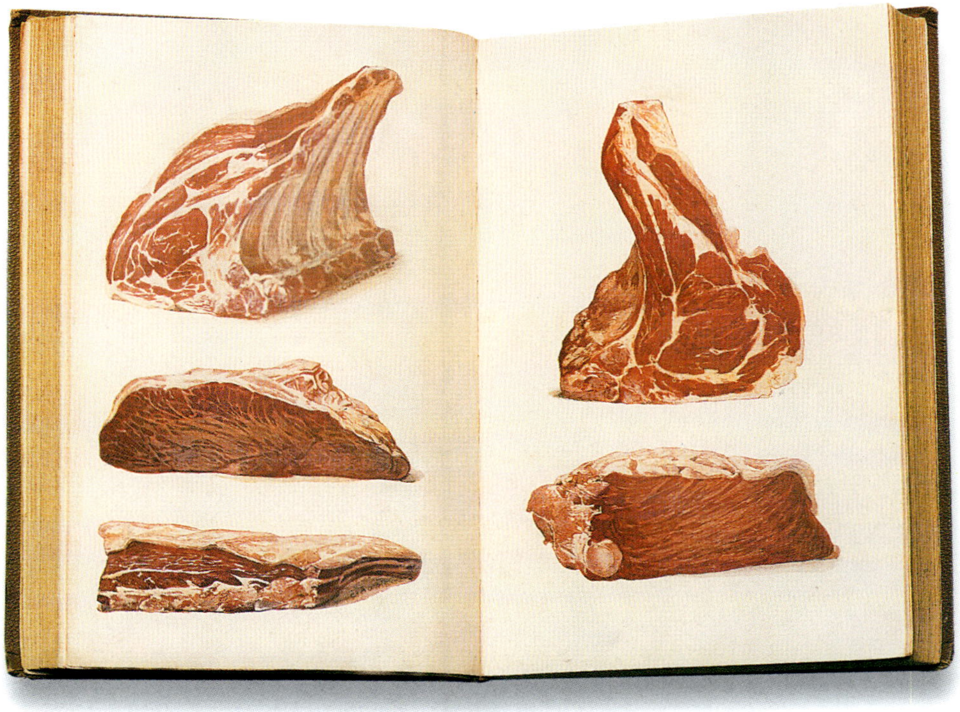

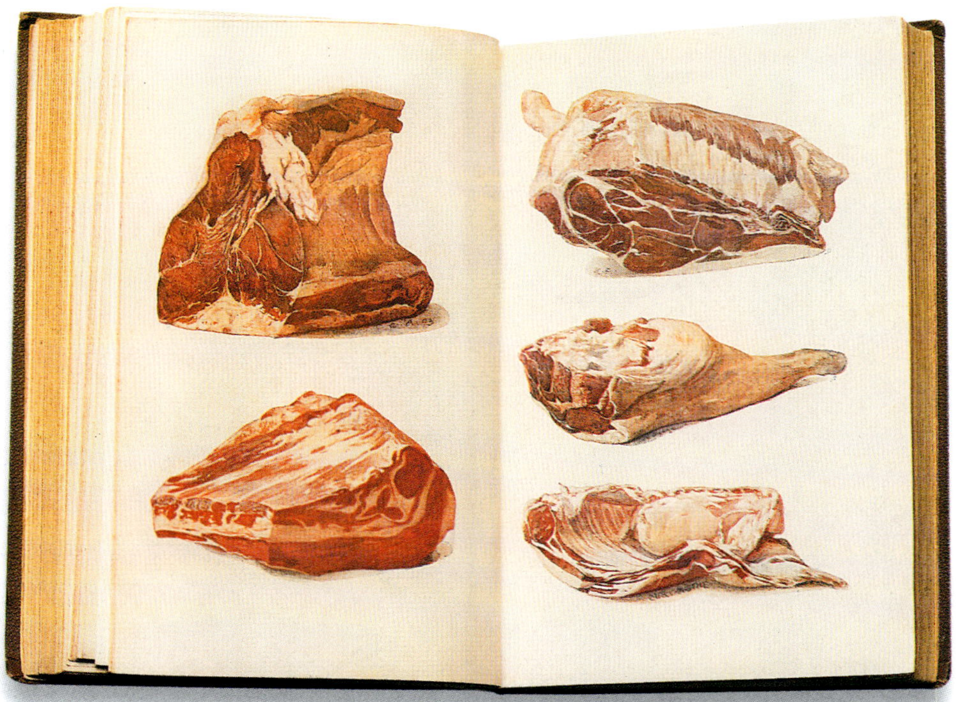

de primeira, enquanto o "resto" foi desqualificado como carne de segunda. E, de um único golpe, foram desprezadas todas as outras formas de preparo que poderiam privilegiar muitos cortes.
O que infelizmente existe, e muito, é cozinheiro de segunda, na mão de quem qualquer carne pode acabar resultando em um prato de segunda. Uma prova dessa afirmativa é o ossobuco, um dos meus pratos prediletos, que nada mais é do que músculo cortado com osso.
E se músculo é chamado de carne de segunda, imagine só o osso...
Comercialmente, a carcaça bovina se divide em seis partes: dois quartos dianteiros, dois quartos traseiros e duas costelas, denominadas também, Deus sabe por quê, de ponta de agulha. Nos quartos traseiros é que se localizam as chamadas carnes nobres, de maior preço de venda. No comércio, tanto aqui como em outras partes do mundo, separam-se os traseiros e dianteiros em grandes cortes. Um dos exemplos é o patinho, que pode ser separado em três partes distintas, cada uma com características diferentes. Há também o caso de um corte que já está em todo o comércio, pelo menos das grandes capitais, separado em subcortes: a alcatra. Vinte anos atrás, as donas de casa compravam alcatra nos açougues em peças que chegavam a 60 centímetros. Ainda adolescente, eu ouvia essas senhoras dizerem a meu pai: "Sr. László, quero alcatra do fim, sem rabo!" O que nossas mães e avós chamavam de rabo de alcatra, hoje todos conhecem como maminha. De picanha, então, ninguém tinha ouvido falar, a não ser em alguns rincões dos pampas gaúchos. Assim, a alcatra acabou sendo a primeira carne a ser separada em subcortes pelo próprio comércio. Nas grandes cidades, já não se vende alcatra e sim maminha, picanha e miolo de alcatra. Mas isso é assunto para o próximo capítulo.
Enfim, não podemos esquecer (exceção feita às carnes servidas cruas) que a carne é apenas um ingrediente na preparação dos pratos, e pelo menos 50% da responsabilidade está nas mãos de quem a prepara. Esse é apenas o começo de nossa história e, prometo, não vamos parar por aí. No preâmbulo das receitas de vitela, cordeiro e babybúfalo daremos explicações sobre as características mais importantes das carnes desses nobres animais, mostrando que se podem traduzir livros, receitas nem sempre. Muito cuidado e até lá!

*Capítulo* 4

# dez cortes nobres

Este não é um livro de anatomia, muito menos de veterinária. Para que não paire nenhuma dúvida, trata-se de um livro de gastronomia. Isso não quer dizer que gastronomia seja menos importante que as outras especialidades mencionadas, mas, como tal, não tem nenhum compromisso com descrições perfeitas ou análises aprofundadas. A escolha dos dez cortes nobres do boi foi pessoal, cabendo, então, uma explicação sobre o critério que norteou essa seleção.

Carne nobre pode ser definida de várias maneiras, mas para mim é aquela que dá origem a grandes pratos. Esses dez cortes não são os únicos, claro, são simplesmente os melhores.

É lógico que sempre haverá ilustres ausentes, como o rabo e a fraldinha. Pouco se pode dizer a respeito do rabo, a não ser lembrar uma história que muito nos fez rir, no início da década de 1980. Certa vez, em um domingo ensolarado em nosso sítio na Vargem Grande Paulista, havíamos marcado um churrasco com os Ribeiro, nossos fiéis amigos. Sabem como é o verão, de um lindo dia de sol para um interminável temporal bastam alguns "noroestes". E foi o que aconteceu. Em poucos minutos o churrasco se tornou inviável. Tentando remediar a situação, fui à cozinha onde nossa empregada preparava uma aromática rabada. Era a salvação, pensei. Mas, quando se trata de servir pratos "exóticos", vale sempre a pena consultar os convidados, e dessa vez não foi diferente. Todos aprovaram a idéia, mas Júlio preferiu abrir o jogo dizendo: "Olha, estou certo de que, sendo preparada em sua casa, a rabada deve estar esplêndida, mas se puder me faça uma gentileza: escolha os pedaços bem lá da pontinha..."

Quanto à fraldinha, a história é um pouco diferente. É um corte extraordinário, que no churrasco deve ser preparado com muito cuidado. Antes do ponto é uma carne mais crua. Depois, é seca. Se você acertar o ponto exato, bingo! Vai comer algo inesquecível. Corte a fraldinha sempre perpendicular às fibras e bem fininho. A faca tem que estar uma navalha, senão as fatias ficam feias. De resto, é uma ótima carne. Vamos então aos dez cortes nobres, a começar pela alcatra.

# Alcatra

Não por ordem alfabética, mas pela sua importância, abriremos este capítulo com a alcatra, relembrando algumas histórias do passado, nosso passado. Como eram gentis aquelas senhoras que davam um passinho para trás tão logo o açougueiro aparecia com uma nova peça de alcatra para ser cortada! Essa delicadeza acabou se perdendo à medida que a peça inteira foi sendo subdividida, com o uso de novos critérios, muito mais corretos anatomicamente. A alcatra é, sem dúvida, o corte de carne que mais alegrias trouxe ao consumidor brasileiro, pois de seu interior – ou melhor, exterior – nasceu a picanha, carne-símbolo de todos os churrascos assados nas últimas duas décadas nas grelhas e espetos de uma legião de quase fanáticos.

E por que essas senhoras da época da "alcatra do meio" eram tão altruístas a ponto de deixar que as outras passassem à sua frente na fila do açougue? A razão é muito simples, e ao revelá-la espero que essas senhoras, hoje na faixa dos 65, me perdoem a invasão de privacidade. É o seguinte: a alcatra é uma peça de carne que de um lado limita-se com o coxão do boi, especificamente com o patinho e o coxão duro, e de outro com o contrafilé, ou seja, o lombo do boi. Claro que a parte mais macia é aquela que está do lado do contrafilé, assim como também é lógico que o açougueiro comece a cortar pelo lado menos nobre, para vender em primeiro lugar a parte que tem menos saída. E com mais uma agravante: inicia-se o corte pelo temível rabo da alcatra, desculpem, pela maminha. Assim, quando o açougueiro aparecia com uma nova peça de alcatra, muitas donas de casa experientes, alegando pouca pressa, cediam sua vez às jovens, mais afoitas, que levavam as piores partes da nobre peça de carne.

É fácil perceber que não foram só os cortes que evoluíram: os nomes também mudaram. Na verdade, as carnes somente são piores quando cortadas de modo incorreto. A separação anatômica, além de render mais para o açougueiro, favorece sobremaneira o consumidor. O rabo da alcatra era duro porque, ao ser talhado com toda a peça, acabava tendo suas fibras cortadas longitudinalmente, justificando o horror das donas de casa daquela época.

A peça inteira de alcatra mede 80 cm e contém, de verdade, cinco tipos de carne bem distintos em seu "interior", todas saborosas e macias desde que submetidas à maturação. A mais conhecida e desejada é a picanha, sempre o mais marmorizado (ou seja, entremeado de gordura) desses cortes. Virou sinônimo de churrasco por duas razões: a primeira (e suficiente), por ser uma carne das mais macias e suculentas; e a segunda, por ser difícil errar seu preparo, raramente nos decepcionando e aos nossos ilustres convivas.

A maminha, cortada corretamente (contra as fibras), é macia e suculenta, não para bifes, mas para carne de panela e assados. Retirando a maminha e a picanha, sobrou o miolo de alcatra, de onde se obtêm ainda três importantes cortes: o baby beef, os chamados top sirloin e o tender steak. O tender steak, que pena, pesa 150 g e existe apenas um por peça de alcatra. Sua retirada é estratégica, pois só depois se pode separar corretamente o baby beef do top sirloin. Razões para essa separação é que não faltam. No interior da alcatra, corre no sentido longitudinal um espesso nervo que mina qualquer tentativa de se fazer um bom bife ou mesmo um saboroso assado. Sua remoção é relativamente simples: separam-se as duas partes do miolo de alcatra exatamente ao longo desse nervo. E por que essa insistência em retirar os nervos? Fácil! Eles não desaparecem ao se preparar a carne; ao contrário, enrijecem, prejudicando o resultado. A gordura, por sua vez, é até bem-vinda, já que ela derrete, tornando a carne mais suculenta e saborosa.

Tendo separado finalmente a alcatra em seus cinco principais pedaços, fica muito fácil cortar cada um deles no sentido exato em que a boa prática recomenda. Antes, as várias partes eram separadas de qualquer jeito. Curiosamente, a única cortada de maneira correta era o miolo, que da metade para o fim não tem praticamente nenhum nervo. Eis aí a razão dos atos de "gentileza" daquelas donas de casa dos anos 60...

# Picanha

Pena que tenha tardado alguns milênios para que um brasileiro criativo resolvesse tornar a picanha sinônimo de churrasco. Dizem as más línguas que a descoberta se deu em São Paulo, a mais de 1.5 mil quilômetros dos pampas. Entretanto, onde quer que a verdade esteja, existe uma unanimidade: a picanha é uma carne inesquecível.

Na Alemanha e na Áustria ela é conhecida como *tafelspitz*, muito apreciada em cozidos e assados de panela, onde acaba perdendo suas melhores características. O que diferencia a picanha de quase todos os outros cortes é que ela reúne sabor, suculência e maciez em um único pedaço de carne. Essas particularidades evidenciam-se quando ela é grelhada, seja em churrasco ou na chapa.

Como a carne brasileira provém essencialmente de raças zebuínas e suas cruzas, raramente os cortes são marmorizados. A picanha é quase uma exceção à regra. Ela é macia pois se encontra no início do lombo do animal (na anca, para ser mais exato) e suculenta e saborosa por ser marmorizada. Além dessas, existem outras razões que fizeram da picanha sinônimo de churrasco. Faça um teste: pronuncie a palavra *churrasco* e verá que as pessoas ouvem *picanha*. Essa "falha na audição" é recente, comparada com a época da criação da picanha – não faz 30 anos, talvez nem mesmo 25, que esse fenômeno aconteceu.

Antes da picanha, os mais antigos como eu devem se lembrar que se fazia churrasco de filé-mignon, a única carne macia. Com a melhoria do manejo e com o advento da maturação, várias carnes amaciaram e a picanha, suculenta como é, virou um prato cheio para os amantes de um bom churrasco.

É importante lembrar que na época do churrasco de filé-mignon, aqui em São Paulo, o ponto predileto (do assado) era o bem-passado. As churrascarias, em sua maioria, ficavam no centro da cidade. Churrascaria de rodízio tinha sobrenome: beira de estrada, pois só lá existia esse tipo de serviço, apreciadíssimo pelos caminhoneiros. A variedade mais pedida era o xixo, enorme espeto com nacos de carne, cebola e tomate. Haja dente!

Foi então que surgiu a picanha. Belarmino Iglesias, da tradicional churrascaria Rubayat, em São Paulo, declarou em várias entrevistas que meu pai teria sido uma das pessoas que se atreveram a separar a alcatra e vender a picanha sem obrigar o cliente a comprar as outras partes, como a maminha e o miolo de alcatra. Cortar corretamente foi outra demorada lição. As fibras da picanha "correm" na diagonal, portanto, a forma correta é cortar sempre perpendicularmente a elas, ou seja, na diagonal oposta, para assegurar a maciez e a textura desejadas. Descobriu-se também que a melhor parte da picanha (que os churrasqueiros experientes reservam para si) é a pontinha, pois a face oposta da peça é aquela que se confunde com o início do coxão duro, que, se fosse macio, jamais teria esse nome.

Existem cortes de carne separados anatomicamente dos outros e alguns, como é o caso da picanha, em que é preciso usar a faca. Curiosamente, picanha e coxão duro fazem parte do mesmo músculo, para nós, de gastronomia, da mesma carne. Esse grande músculo, o coxão duro, começa na lateral do joelho, vai subindo pela parte externa da coxa (por isso é conhecido como chã-de-fora em muitos lugares) e termina em forma de triângulo na anca do animal. A parte que se localiza na coxa é dura, pois o músculo é muito solicitado na locomoção do animal. Já a anca é macia, exatamente pela razão inversa. Cortar mais adiante para "aumentar" a picanha é prática dos inescrupulosos e míopes em matéria de consumidor, pois este é um ser inteligente, que só é enganado uma vez.

Assim, a picanha é uma carne que varia entre 1 kg e 1,5 kg, e sua parte macia é a que fica junto da ponta. A grossa pele da lateral deve sempre ser removida uma vez que encolhe durante o preparo, curvando a peça de carne, o que dificulta o assado e depois o corte. Assada, a picanha deve ser cortada na diagonal e contra as fibras. A identificação do sentido das fibras pode se tornar bastante difícil depois de assada, pois os sucos e a gordura escorrem sobre a carne, dissimulando sua orientação. A melhor recomendação é "riscar" com a ponta de uma faca a superfície da picanha ainda crua, indicando o sentido correto do corte. Esses riscos (cortes de 2 mm a 3 mm de profundidade) não somem durante o preparo, portanto é só cortar a carne paralelamente a eles para se assegurar da direção exata. Com a crescente popularização das churrascarias e a invasão dos rodízios, que de simples restaurantes de beira de estrada se tornaram sofisticadas casas nos bairros de comércio nobre dos grandes centros, a picanha sofreu algumas modificações – umas boas, outras ruins. Acompanhando a necessidade constante de inovar, surgiram a picanha com alho (má idéia, para mim) e o bife de tira. O bife de tira é cortado a partir da picanha, só que totalmente ao longo da peça, resultando em uma linda porção de carne. Normalmente as churrascarias escolhem as peças mais gordas para fazer o bife de tira, o que acabou por torná-lo o verdadeiro "filé-mignon da picanha". Mas não é só de glórias que vive a picanha. Com tanta necessidade de se diferenciar no mercado, algumas churrascarias lançaram a "picanha de búfalo", que de búfalo mesmo não tem nada. Pura invenção, para não dizer enganação. Sempre tive a curiosidade de saber onde se pode comprar filé-mignon de búfalo, pois se existe tanta picanha devem também existir outros cortes em abundância. Ledo engano: não existem os outros cortes e muito menos a picanha. Claro que falamos em termos do comércio, pois os búfalos também têm os mesmos cortes, embora com formatos ligeiramente diferentes. Para concluir, é provável que muitos apreciadores de picanha de búfalo jamais tenham provado uma sequer na vida. Pena, pois é ótima!

Se existe um assunto que já deu muita polêmica, e a picanha não escapou ilesa, é o tal ponto da carne. Na picanha esse é um tema mais que delicado, pois sendo uma carne de espessuras diferentes tende a ter uma parte mais passada que a outra quando assada em peça inteira (naturalmente esse fato não ocorre quando grelhada em postas ou em bifes de tira, que têm lados paralelos). É possível determinar, com a ajuda de um termômetro, o ponto exato de uma carne. No entanto, como em geral dispensamos esse equipamento, o truque é apertar a carne com as costas de um garfo: quanto mais macia e elástica, menos passada; quanto mais firme, mais passada. A carne ao ponto é bem rosada em seu interior, mantendo ainda razoável suculência; malpassada, ela é vermelha e bem mais suculenta. A dificuldade maior é fazê-la malpassada e bem quente internamente, pois é só com a temperatura alta que a carne grelhada fica realmente saborosa. A solução é não levar a carne à brasa estando gelada. O melhor é tirá-la da geladeira duas horas antes de ser salgada e assada, assim, irá para a brasa com temperatura interna de 25ºC, aproximadamente.

Agora, não pense que a picanha fica boa só em forma de churrasco. Existe uma técnica que faz da picanha de forno um prato especial. Faça o teste: aqueça bem o forno na temperatura máxima. Salgue a carne e toste-a de todos os lados em uma frigideira. Estando dourada, coloque-a diretamente sobre a grade superior do forno. Na inferior, ponha uma assadeira com um pouco de água. A água irá evaporar, mantendo a umidade do forno elevada – assim a carne não seca – e toda a gordura derretida cairá na assadeira, não queimando nem enfumaçando a cozinha.

# Bisteca

Poucas carnes são tão representativas como a bisteca. Não seria exagero dizer que é o primeiro corte que vem à cabeça quando se fala de carne bovina. Isso em qualquer lugar do mundo... menos no Brasil. Aqui, após alguns anos de domínio absoluto da picanha, muitos se esqueceram da bisteca, que, além de saborosa, está ligada a festividades. Inúmeros países a utilizam como destaque de sua culinária nacional. Com ou sem osso, trata-se de um corte lindo e saboroso.

Os franceses o conhecem como côte de boeuf, quando servido com osso, e noix d'entrecôte, sem osso; para os ingleses é o standing rib; para os paulistas, bisteca; e para os gaúchos, chuleta. Tal é a importância desse corte de carne que muitos países, como os Estados Unidos, utilizam-no como padrão de referência para classificar uma carcaça. Assim, na tipificação das carcaças americanas é justamente o padrão da bisteca que define sua classificação como US Prime (a melhor), US Choice ou US Good.

A conformação da bisteca é mais arredondada quando o animal é jovem, gordo e saudável. Como o leitor pode perceber, o padrão de beleza para bovinos e humanos é totalmente distinto... Além de arredondada, a bisteca deve ser entremeada de gordura amarelo-clara e ter a carne com a coloração vermelho-clara, segundo o National Live Stock and Meat Board (Conselho de Gado e de Carne dos Estados Unidos).

A bisteca está presente na culinária inglesa, menos respeitada pelos súditos da rainha que pelo resto do mundo, já que um de seus mais ilustres membros, o escritor Sommerset Maugham, certa vez declarou: "Se você quiser comer bem na Inglaterra, é simples. Tome café da manhã três vezes ao dia". Pois foram exatamente os reticentes ingleses que celebrizaram o roast beef como um de seus pratos nacionais. E a carne utilizada é sempre a bisteca com osso.

Até os franceses se curvaram ao roast beef. Não só o adotaram à mesa, como até aceitaram seu nome. Naturalmente, para torná-lo mais palatável, chamam-no de "rosbiff", mas assim mesmo esse é um dos raros exemplos na história da gastronomia em que os franceses procederam de uma forma quase humilde perante a culinária inglesa.

O rosbife, como nós o conhecemos, foi sempre um prato grandioso, uma comemoração, o melhor que se podia apresentar em matéria de alta-cozinha. Como em todas as carnes assadas, deve-se tomar todo cuidado para conservar todo o suco em seu interior. Para tanto, a carne deve ser salgada somente na hora de ir para o forno, temperada com pimenta-do-reino moída na hora e, segundo a receita inglesa, mostarda em pó e molho inglês. Antes de ser salgada, a carne deve permanecer fora da geladeira por mais de duas horas, para estar na temperatura ambiente ao ser levada ao forno. O forno, em temperatura máxima, deve estar estalando de tão quente, para que a carne comece logo a assar e não, por engano, cozinhar. Com a carne tostada de todos os lados, a suculência já estará garantida, e então a temperatura deve ser reduzida para aproximadamente 180°C pelo tempo necessário até chegar ao ponto.

Para o rosbife no forno, pode ser usada a técnica do pré-assado. Fica ainda melhor. Depois de tostada, a carne é retirada do forno por 20 minutos para esfriar. Depois retorna ao forno quente e assim o sangue se distribui por igual, ficando a carne com uma cor mais homogênea e bonita em seu interior. O cálculo do tempo de preparo é de aproximadamente 20 minutos para cada 1/2 kg de carne com osso. O rosbife deve ser servido na hora que sair do forno ou então frio. Morno, jamais.

Resolvemos mostrar a bisteca com osso, por ser mais saborosa. O osso agrega excelente sabor ao assado e é muito importante no aspecto visual. Afinal, é com os olhos que se come; a boca serve apenas para mastigar. A bisteca com osso é ótima também cortada em fatias grossas para churrasco. Corte entre um osso e outro. Desse modo, cada posta pesará de 500 g a 600 g. Grelhe tostando bem externamente e leve à mesa. Mas em vez de colocar esse "bifão" todo no prato, faça algo mais delicado. Corte-o em fatias transversais de 5 mm de espessura e sirva. Assim fica muito apetitoso, pois cada tira estará tostada na parte externa e malpassada no centro.

Pelo corte brasileiro, a bisteca vai da 5ª à 13ª costela, porém a parte melhor, mais suculenta, fica entre a 5ª e a 10ª. Essa peça pesa normalmente de 3 kg a 3,5 kg no estado em que nós a apresentamos. A escolha deve ser criteriosa. Verifique sempre a existência de gordura entremeada. Se não tiver, não compre.

# Contrafilé

Todos o conhecem ou no mínimo já ouviram falar dele. Mesmo assim, foi sempre injustiçado e mal compreendido. Hoje, aos poucos, o contrafilé vai reconquistando o espaço perdido por décadas de despreparo e de mau preparo.

Os franceses foram implacáveis ao chamar essa carne tão saborosa de *faux-filet*, ou seja, falso filé. Essa denominação, além de preconceituosa, é inexata. Imagine se o glorioso contrafilé teria algum dia pretendido se passar por filé-mignon. Jamais! Afinal, quem prefere ser menos capaz e, para muitos, insosso? Aqui no Brasil, escolhemos uma denominação anatômica, bem mais neutra. Não somos a favor, nem contra, por isso, ao chamá-lo de contrafilé, estamos apenas localizando esse nobre corte de carne que fica "contra" o filé-mignon, ou seja, encostado, separado apenas pelas vértebras lombares. E é nesse ponto que vamos dar a primeira parada, para tentar esclarecer todas as dúvidas e definir de vez as características dessa carne.

Enquanto na parte interna da carcaça "corre" o filé-mignon, na externa, exatamente no lombo, fica o contrafilé, separado do filé-mignon pelas seis delgadas vértebras lombares. Cortando com o osso, obtemos o T-bone steak, ou seja, o *steak* (bife) com o osso em "T" que separa as duas carnes. Chamado de "tibone" pelos íntimos, foi muito apreciado nos anos 60 e 70, mas hoje é um corte pouco pedido em churrascarias. Apesar de todos concordarem tratar-se de uma carne saborosa, ela tem um grande problema: a parte do contrafilé geralmente é dura.

É importante esclarecer que, embora todos reconheçam o sabor do contrafilé, só agora, nos últimos dez anos, com a prática generalizada da maturação, é que foi acrescentado o adjetivo "macio" à sua lista de características positivas. A peça inteira é longa, e assim, ao contrário do pão de fôrma, em que todas as fatias são iguais, nessa carne cada pedaço é diferente, confundindo muitos que se julgam conhecedores. De novo, a nomenclatura mais atrapalha do que ajuda na identificação exata da carne. O contrafilé é o lombo do animal e une o fim da alcatra ao começo do acém (pescoço). Justamente na parte onde termina o filé-mignon (que se estende paralelamente) começam as costelas, e é nesse ponto que a carne muda de aspecto e, mais ainda, de sabor, textura, suculência e tonalidade. Surge a bisteca, a continuação do contrafilé, que já recebeu os maiores elogios. O contrafilé é todo coberto de gordura, já a bisteca, não. A bisteca é coberta por uma carne mais escura e extremamente macia. Entre essa carne e o músculo central há uma fina camada de gordura, importantíssima e responsável pelo seu sabor marcante.

Observar certos hábitos pode ser muito interessante. Enquanto hoje no Brasil os consumidores preferem a alcatra ao contrafilé, na Europa ocorre justamente o contrário. Não que os europeus estejam sempre com a razão, veja o caso da picanha. Nós só (ou quase só) comemos picanha porque na Europa esse corte não é conhecido. Toda a produção brasileira, argentina e uruguaia de alcatra segue para lá sem a picanha. E, falando em exportação, o contrafilé é uma das três carnes que compõem a chamada cota Hilton, que é o balizador do preço das exportações de carnes finas para o Mercado Comum Europeu. A cota Hilton compreende o filé-mignon, a alcatra sem picanha e maminha (para nossa sorte) e o contrafilé cortado com cinco costelas – nós, no Brasil, cortamos com oito, aumentando assim o tamanho da bisteca. Foi a rede Hilton, ao comprar carne para seus hotéis, que estabeleceu os critérios de avaliação desses três cortes nobres e que acabou se tornando a nomenclatura-padrão utilizada no comércio internacional de carnes especiais.

Agora, algumas dicas importantes para os consumidores na hora de comprar o contrafilé. Evite os primeiros 6 cm a 7 cm, perto da alcatra. Nessa parte há um nervo que atravessa a carne quase paralelamente à gordura e só é visto depois de fatiado, às vezes, tarde demais. Na parte do contrafilé, remova sempre um nervo lateral espesso que segue longitudinalmente em direção à bisteca. Como todos os nervos, ele fica ainda mais duro depois de grelhado. Para o rosbife, escolha sempre a bisteca, que, por não ter gordura externa, assa com mais uniformidade e elegância. E, para terminar, quando pensar em um bom bife, escolha um contrafilé com camada uniforme de gordura, proveniente de carne bem maturada. E coma com muito apetite. Não tem como errar!

# Lagarto

O primeiro corte de carne do coxão tem duas particularidades que pouco o recomendam: não é saboroso, nem suculento. É apenas redondo, e esse tem sido o principal atributo dessa carne tão sem graça e mesmo assim tão apreciada. O lagarto sempre foi o desafio das cozinheiras. Competentes eram aquelas que conseguiam fazer ótimos assados de uma carne sem maiores predicados. O lagarto tirou proveito da máxima "comer com os olhos" e conseguiu lugar de destaque nos almoços de família por duas razões, ambas estéticas: é redondo e de apetitosa cor clara. Certamente foi por essas características marcantes que recebeu outros nomes fora de São Paulo: lagarto redondo e lagarto branco.

Na forma de assado, o lagarto é sempre bem-passado e muitas vezes recheado com lingüiça, um artifício para torná-lo mais saboroso e suculento, já que toda lingüiça que se preze tem bons nacos de toucinho em seu interior. Mas comer carne bem-passada está em baixa, e o consumo das carnes preparadas dessa forma teve o mesmo fim. A razão é simples: como se trata de uma carne mais dura, ela leva longo tempo no forno ou na panela para ficar macia. Muitos usam o lagarto para fazer rosbife, que, na minha opinião, fica bem melhor frio do que quente, e se cortado em fatias finas torna-se uma carne macia, quase um carpaccio.

E foi como carpaccio, em 1980, que chegou a grande chance do lagarto. Se me permitem, vou contar a nossa versão da história, que dificilmente poderá ser desmentida. Na década de 1970, o melhor restaurante italiano de São Paulo era, acima de qualquer discussão, o do Grande Hotel Ca'd'Oro (ainda hoje é um dos melhores lugares da cidade, porém não mais podendo ostentar o elegante título de ser "o único"). E era lá que íamos fazer todos os nossos almoços de família. Foi no Ca'd'Oro que experimentei pela primeira vez o carpaccio. Com certeza, foi a família Guzzoni que trouxe ao Brasil esse prato, que passou a ser obrigatório em restaurantes de todo o país, com cardápios das mais diversas especialidades.

Hoje, o carpaccio é preparado com peixes, carnes e até com aves. Mas voltemos ao começo dessa história. Sônia, minha mulher, insistia que deveríamos produzir essa carne para nossos clientes. Foi por um descuido que a escutei, pois na época, casado há pouco tempo, ouvia a todos menos as sábias palavras de minha própria mulher. O Ca'd'Oro preparava o carpaccio com filé-mignon, mas eu resolvi fazê-lo com lagarto, pois trata-se de uma carne de seção mais uniforme e, assim, as fatias seriam semelhantes ao longo de toda a peça. Embora em sua origem, no Harry's Bar de Veneza, ele fosse cortado resfriado, achei que para produzir em larga escala seria melhor que o carpaccio fosse congelado e depois cortado em finíssimas fatias com máquina de cortar frios.

Chegado o grande dia, nosso carpaccio foi lançado, recebendo um grande destaque no *Jornal da Tarde*, de São Paulo, com o seguinte título: "Carne crua, para quem não gosta de carne crua". Era a mais pura realidade. Convencer as pessoas, em 1980, a comer carne crua não foi nada fácil. Os consumidores gostavam da aparência, mas insistiam: "Não seria uma carne curada como a bresaola?"

A resposta negativa era sempre frustrante, até que alguns, mais arrojados, resolviam experimentar. "Que maravilha!", era o mínimo que se ouvia. E assim, da pequena produção de então, em pouco menos de dez anos ultrapassamos o número redondo de 1 milhão de caixinhas vendidas, sem falar da concorrência que veio atrás, vendendo cada vez mais.

O carpaccio tornou-se prato cosmopolita, pois tem todos os atributos de que os habitantes das grandes cidades tanto precisam: é de preparo rápido, é leve, nutritivo e, mais que tudo, delicioso. E assim, por ironia do destino, essa carne, nem saborosa, nem suculenta, por conta do carpaccio acabou sendo um dos cortes mais consumidos no Brasil, tanto crua como bem-passada.

# Patinho

Em vários países ele é conhecido como noz: *noce*, na Itália, *noix*, na França, e *dió*, na Hungria. O que requer bem mais imaginação, ou talvez conhecimentos etimológicos, é tentar descobrir por que aqui, em algum recanto de nosso país, é chamado de caturnil. Pois esse corte que poucos se atreveriam a experimentar com esse estranho nome é o nosso patinho, a carne que envolve o fêmur na parte anterior, começando na altura do joelho. Não que a satisfação dessa curiosidade resolva a dúvida quanto a sua melhor utilização, mas o fato é que as pessoas gostam de "saber o que estão comendo". O patinho é uma carne excelente. Não custa lembrar uma vez mais que, como não existe carne de primeira, o que vale mesmo é o animal ser de primeira. Assim, um patinho de uma rez de primeira é uma das melhores carnes que se escondem dentro do coxão.

O patinho foi a carne eleita pela exigente colônia libanesa para se fazer quibe. Se não fosse realmente a mais indicada, a escolha não seria unânime. Provavelmente essa preferência se deve à exata proporção de carne e de gordura e à sua textura depois de moído. Na verdade, o patinho se divide em cortes de características bem distintas. Falando em termos um pouco mais científicos, os componentes musculares são três, e bem diferentes entre si.

A parte inferior envolve quase toda a circunferência do fêmur e, como todas as carnes que se encontram junto dos ossos, é muito macia e suculenta. Para chegar a esse néctar, alguns lances quase cirúrgicos devem ser feitos, mas vale a pena. Removidas as peles e os nervos obtém-se uma carne macia e saborosa. Não seria exagero dizer que cortada em fatias transforma-se em um dos melhores escalopes que se pode conseguir do boi. É perfeita para picadinhos, qualquer que seja sua nacionalidade: para o francês é boeuf bourguignon, para os húngaros, o famoso goulash, seja em forma de sopa ou não, e para os italianos, spezzatino. Esse corte, ou subcorte, de carne só não é usado por uma única razão: quase ninguém o conhece, nem sabe como chegar a ele. Os subcortes não têm nome comercial, por isso as "grosseiras" referências à parte de cima, de baixo, do lado, etc. Só têm nome científico, o que para nós pouco ajuda. Agora, se o leitor estiver curioso, vá lá: ele pode ser chamado de retofemoral. Mas este não é um livro para veterinários e sim para gastrônomos – sem nenhuma restrição, porém, se o veterinário também for amante da boa mesa.

Removida então a parte inferior, restou uma grande bola, que pode ser dividida em duas outras partes. Não só pode, como deve, pois somente assim os nervos internos são removidos. Retirados os nervos e as peles, chegamos a dois cortes que dão água na boca. Um bem redondo, perfeito para panela ou forno (com os devidos cuidados para que não seque), ótimo, pelo seu formato, para rosbife, quente ou frio. A parte que restou, de seção triangular, é uma das melhores carnes para se fazer à milanesa. Em fatias finas, naturalmente. Também é perfeita para preparar o conhecidíssimo paillard com fetuccini.

A propósito, não podemos deixar escapar a oportunidade para um importante esclarecimento. Para muitos, paillard é só uma carne cortada em fatias finas. Ledo engano. Paillard, ou melhor, paillarde, é um prato criado por um famoso *chef* parisiense do século XIX, de nome Paillard. Trata-se de uma fatia fina de vitela ou de entrecôte, ligeiramente batida, grelhada sem condimento, salgada e apimentada depois de pronta e servida com suco de limão. Paillard foi também um restaurante freqüentado pela elite da época, como o futuro rei Eduardo VII, para comer não o paillarde e sim pato recheado. O nome correto do prato é, portanto, fettucini à Paillard, em homenagem ao seu criador.

Voltando ao nosso patinho, se você estiver fazendo turismo pelo Brasil e se deparar, em um açougue, com bochecha, pode comprar, pois você estará levando um belo pedaço de caturnil, digo, patinho.

# Músculo

Este corte de carne costuma provocar dois sentimentos antagônicos: paixão e ódio. Naturalmente pertenço ao primeiro grupo, o das pessoas que adoram tudo que treme no prato, ou seja, que tenha deliciosas partes gelatinosas de dar água na boca. Músculo, em linguagem médica, significa carne, mas para nós é uma das melhores carnes da farmacopéia culinária. Durante longo tempo o músculo foi injustiçado (coitado!) e chamado de "carne de segunda".

Para nos aprimorarmos, vão aqui algumas informações importantes: existem três cortes de músculo em cada meia rez, um na perna dianteira e dois na traseira. Os do traseiro têm até nome e sobrenome: músculo de canela e músculo do coxão mole. O do dianteiro e o de canela são muito parecidos na textura; já o do coxão mole é bem diferente e pode ser separado em duas partes distintas. A parte externa é uma carne lisa, sem nervos internos e praticamente sem gordura, até meio sem graça. Dentro dela existe uma peça cilíndrica, nervo puro, graças a Deus, que é justamente a melhor parte.Quando bem cozida seus nervos ficam macios e suculentos, transformando-se em uma espécie de gelatina que, ao longo do cozimento, enriquece os molhos. No cozido é o que há de melhor.

Mas esse pedaço pode ainda ser preparado de várias outras formas. Prove esta: cozinhe o músculo em água, sal e temperos (salsinha, cebolinha, pimenta-do-reino em grão, salsão, etc.). Quando estiver macio, retire a carne da panela e frite-a de um modo um pouco diferente. Assim: coloque óleo na frigideira, 1 colher (sopa) de açúcar, uma pitada de sal e outra de pimenta-do-reino preta moída na hora. Com o calor, o açúcar carameliza, ficando bem dourado. Leve então as fatias de músculo para a frigideira e frite-as por dois minutinhos de cada lado. É irresistível! Além disso, esse músculo só cozido, desfiado e frio é um excelente ingrediente em saladas. Basta ter criatividade e deixar o resto por conta dele.

O músculo de canela (dianteira ou traseira), fatiado com osso, se transforma no inigualável ossobuco, prato de origem italiana presente nos cardápios do mundo inteiro. Existem várias formas de prepará-lo, sendo a mais comum o ossobuco à milanesa. Uma outra opção é o ossobuco de vitela, bem mais delicado que o de boi e de cozimento mais rápido. Mas o de boi leva vantagem em pelo menos uma característica: tem mais tutano dentro do osso. Já na vitela, se for de um animal de até dois meses, o tutano simplesmente não existe, e faz uma falta...

Gostar ou não de músculo é uma questão pessoal e deve ser respeitada. O que é inaceitável, no entanto, é não prová-lo pelo menos uma vez na vida.

# Filé-mignon

Se podemos dizer que existe uma carne famosa, essa carne é o filé-mignon. E não é só aqui, mas no mundo inteiro. Nós brasileiros, no entanto, fomos mais longe e associamos seu nome a tudo que tenha qualidade indiscutível – e não estou me referindo somente à gastronomia. Quantas vezes ouvimos expressões como "Esse lugar é o filé-mignon do teatro" ou então "Esse terreno é o filé-mignon do loteamento"! Até na capa da revista *Gula*, quando a matéria era sobre picanha, a chamada foi: "Picanha, o filé-mignon do churrasco". E por que toda essa honraria? Simplesmente por se tratar de uma unanimidade internacional: é o melhor!

Até o aparecimento da carne maturada usava-se o filé-mignon para praticamente tudo, justamente por ser mais macio.

Era o tempo em que o gado brasileiro era abatido com cinco anos em média e alimentado ao sabor das riquezas do solo, com a colaboração das intempéries. Na época das águas, o gado engordava; nas secas, emagrecia. Filé-mignon era até carne de churrasco, imaginem! Nesse tempo (e não nos referimos ao século XIX e sim às décadas de 1960 e 1970) o churrasco se resumia a nacos de filé-mignon entremeados com pedaços de lombo de porco, cebola e tomate. Hoje as coisas são bem diferentes: a idade média do gado para abate reduziu-se quase pela metade, por conta da profissionalização da engorda através de diversos métodos, entre eles o confinamento.

Muitos apreciadores de carne condenam o filé-mignon, dizendo que ele é sem graça. Não é verdade. O filé – como é chamado pelos íntimos – preparado corretamente é ótimo, melhor ainda se servido ao ponto ou malpassado. Ele aceita muito bem molhos de várias tendências e tem duas qualidades indiscutíveis: é macio e suculento. Por definição, é a própria "carne de primeira", ou seja, ótima para bife. Os franceses o cortam bem grosso e lhe dão o nome de chateaubriand e tournedos; cortado mais fino se transforma em medaillon. Seja como for, é o prato de carne mais caro em qualquer cardápio. É o caso do filé en croûte, envolto em massa folhada e recheado com foie gras (ver pág. 95).

Ainda sobre o chateaubriand, uma explicação. Chateaubriand é um método de preparo do filé-mignon em que a carne é cortada em fatias grossas a partir do centro. Foi criado por Montmireil, um *chef* que trabalhava para François-René de Chateaubriand, escritor e diplomata francês do século XVIII, autor de uma célebre frase sobre escritores: "Um escritor original não é aquele que não imita ninguém, mas aquele que ninguém consegue imitar". E assim é a receita que o homenageia.

Por sua localização, logo abaixo das vértebras lombares, o filé é uma carne extremamente tenra, já que essa parte do animal praticamente não se movimenta. É de pouca gordura, e apenas a externa pode e deve ser removida. A fina pele prateada que o envolve também deve ser retirada. Não é difícil, mas algumas dicas ajudarão os menos experientes. Comece sempre pela parte fina da carne; introduza a faca por baixo da pele e deslize-a em direção à parte grossa, com a lâmina ligeiramente voltada contra a pele fina. Assim você estará removendo a pele sem a preciosa carne.

O filé-mignon pode também ser cortado com osso, só que, como vimos, vem acompanhado do contrafilé. Os dois são inseparáveis, ou melhor, são separados pelas vértebras lombares. Quando cortados em fatias formam um T, o T-bone steak. O filé-mignon e o contrafilé são as carnes do boi mais procuradas por gerações de *chefs* ao longo da história da gastronomia.

# Costela

Fecharemos este capítulo com um corte que dá o que falar desde que o homem é homem, desde o bucólico Jardim do Éden: a costela. Talvez a mágica transformação da costela de Adão em sua companheira Eva tenha contribuído para tornar a costela algo tão especial. Chamá-la de "filé-mignon das carnes" não é nenhum exagero. É claro que nem todos compartilham dessa opinião, mas não estamos aqui para concordar e sim para debater – e, se tivermos sorte, para aprender. A propósito, a costela é o corte com maior variedade de texturas, sabores e aromas dentro de uma mesma peça. Ela também detém uma das mais vastas coleções de denominações de que se tem notícia em nosso país: ponta de agulha, pandorga, assado e costelão são apenas algumas dentre tantas.

A costela é uma peça grande e meio desajeitada e prepará-la requer alguns cuidados preliminares. É melhor assá-la inteira, mas infelizmente é mais complicado. Existem outras opções de corte (sempre com os ossos na transversal): em tiras largas de 5 cm a 6 cm é conhecida na Argentina como assado de tira, em tiras estreitas de 1 cm os americanos chamam de Miami ribs. Não deixe que seja cortado *à la* americana. Nossa costela, embora mais saborosa, é mais dura e quando cortada em tiras finas resseca antes mesmo de ficar macia. Paciência é o primeiro ingrediente a ser comprado para se preparar costela, o que na verdade não se compra, adquire-se com o tempo.

Como é uma carne dura, seu preparo é demorado, mas se a paciência durar até a hora certa, terá valido a pena, com certeza. Os nervos e peles não devem ser removidos, eles ajudam em sua suculência. Quando a carne estiver macia, tudo, com exceção dos ossos, também estará, então para que tirar? O sabor da costela é o resultado natural dos componentes deste corte. Muito osso, bastante gordura e finas camadas de variadas carnes. É um corte que exige um cozinheiro de primeira. No cozido é indispensável, no churrasco deve ser assada longe da brasa, com sal grosso. No final do preparo, faça o que nossos mestres dos pampas gaúchos recomendam: dê um "ligeirão", ou seja, chegue-a perto da brasa para rapidamente aquecê-la até a temperatura ideal, pelando.

A costela talvez seja uma das únicas carnes a receber as mesmas honrarias em outros animais. No porco acontece um fato curioso. Muitos evitam essa carne porque dizem que faz mal. A costelinha, pelo contrário, jamais pode faltar em um churrasco. E quem é coerente? Quem evita o que gosta? A receita de costela de vitela é uma das melhores, em grande parte por culpa da costela. Até em grandes peixes amazônicos, como o tambaqui, a costela é também a melhor parte.

E Adão nem imaginava quantas outras coisas boas se poderiam fazer com uma simples costela!

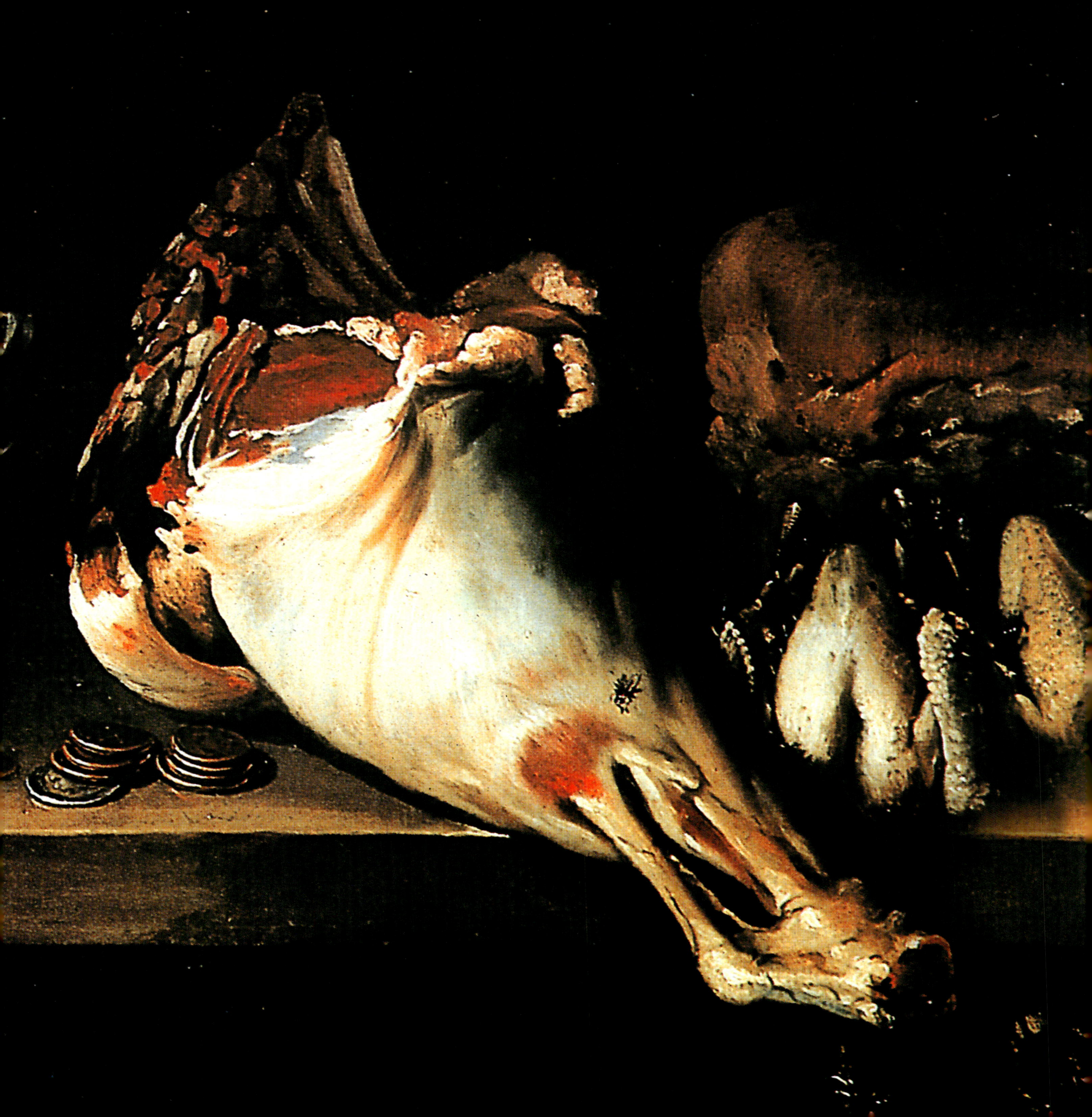

Galli Basthart
Michel Appentzeller.
Alther
Jacob Basthart
1564.
Jacob Appentzeller
Diebold Dobler
Hans Vogt
Hanns Appentzelr
anns Kiner
Basti Kiner
thmar Appentzeller
Ulrich Büchli.
Basti Appentzeller
Basti Appentzel
BA
BA
ienhart Burgman.
Lienhart Kiner.
AH
1564
Hainri Hoffstetter
Othmar Dobler
Simon Hoffstetter
Othmar Dobler.
Cunrat Appentzellr.
Hans Kiner.
Hainrich Dobler.
Lienhart Basthart.
Othmar Kiner.

Capítulo 5

# o churrasco dos Wessel

o churrasco é uma
unanimidade nacional:
é fácil aprender e
todo mundo gosta

A turma da feijoada que me desculpe, mas nossas boas relações estão por um fio. Sem o menor pudor, posso declarar que o churrasco se transformou em nosso grande prato nacional e, por que não dizer, internacional. O item "churrascaria" já consta até em nossa pauta de exportações. E os outros grandes pratos da culinária brasileira? O maravilhoso pato no tucupi é pouco conhecido abaixo da linha do equador. O grande barreado raramente cruza a fronteira setentrional do Paraná, a moqueca capixaba idem. E o churrasco trazido pelos gaúchos? Existirá algum brasileiro que não o conheça ou que apenas ouviu falar dele? Difícil!

Essa longa história, e com certeza cada um tem a sua, começa com a descoberta do fogo, quando o homem das cavernas percebeu que a carne que caçava poderia ser assada. Portanto, desde os primórdios da humanidade, o ser humano já comia carne assada. Doa a quem doer. Há algumas razões para essa unanimidade.

A primeira: é fácil de aprender. Algumas regrinhas básicas e pronto, você se transforma em um bom churrasqueiro (trata-se apenas de uma opinião; por favor, não se ofendam os que discordarem).

A segunda: é uma atividade gostosa, para se fazer acompanhado. Uma festa. Todos em volta da churrasqueira e do churrasqueiro, como ele gosta. Mas o que ele não gosta é que se mexa na carne enquanto ela está assando. Esse negócio de "me dá uma lasquinha" é um inferno. Tudo tem seu momento certo. Quem tem pressa, ou fome antes da hora, deve ser acalmado com algum aperitivo leve, para não perder o apetite quando a carne estiver pronta.

A terceira razão é a mais importante: as mulheres apóiam. Todos gostam, não suja a casa e pode ser preparado do lado de fora, com utensílios próprios, lavados e guardados na própria área da churrasqueira.

Perna traseira e dianteira de cordeiro

**Na grelha: contrafilé, miolo de alcatra e picanha**
**Ao lado: maminha sendo fatiada**
**Abaixo: picanha grelhada já fatiada**

### As carnes do churrasco

Várias são as carnes utilizadas no churrasco, cada uma com um roteiro próprio para ser assada. Antes devo dizer que prefiro a grelha ao espeto. A carne no espeto obriga o churrasqueiro a cortá-la no sentido do espeto, o que muitas vezes não coincide com a técnica correta de corte (contra as fibras). Caso você não tenha uma grelha, aqueça bem o espeto antes de furar a carne, assim ela se tostará ao seu calor onde for penetrada, o que impedirá que os sucos se percam. E, quando estiver pronta, retire sempre a carne do espeto e coloque-a sobre uma tábua de madeira ou polietileno (higiênica, mas menos charmosa) para poder cortá-la corretamente.

Mas, como eu dizia, muitas carnes ficam boas quando assadas na brasa. Aves, peixes, carnes bovinas, bufalinas, suínas, ovinas e... não sobraram muitas mais. Tenho uma proposta: vamos nos concentrar naquelas mais comuns e mais fáceis de serem encontradas no comércio.

Em geral, as chamadas "carnes brancas" são usadas como entrada por serem mais leves e boas para abrir o apetite, se é que precisa. No frango são melhores a coxa, a sobrecoxa e a coxinha da asa. Esta última é preparada de uma maneira interessante e simples, muito comum nos Estados Unidos, chamada *buffalo wings*. Faça um corte ao redor do osso da asa na parte mais estreita, até raspar a faca. Com a ajuda de um pano, segure a carne e puxe o osso. Ele vem para fora e a carne se inverte, ficando a pele para dentro. Tempere com manjericão, sal e pimenta-do-reino branca moída na hora. Leve à brasa e, quando a carne estiver assada, coma segurando-a pelo osso. Fica uma delícia. Alguns abatedouros de frango no Brasil já fazem esse tipo de corte e chamam-no de tulipa.

Outra entrada consagrada é a costelinha de porco. Prepará-la apenas com sal grosso é bom, mas vai aí uma dica para quem quiser ousar. Faça um molho com 1 garrafa de vinho branco (seco, pelo amor de Deus), 1 garrafa de água, 3 colheres (sopa) de mel, sal e pimenta-do-reino. Misture bem para dissolver o mel e deixe as costelas marinando por 1 hora. Asse-as, regando com o molho em que ficaram marinadas.

Apesar de ser uma carne branca, o leitão é ótimo para churrasco, mas chamá-lo de entrada ofenderia até o guloso Asterix. Assá-lo não é difícil, desde que cortado corretamente antes de temperado. Como o leitão deve ser servido bem-passado (mas não em demasia), separe-o em peças para que os pedaços de diversas espessuras possam ser assados em tempos diferentes. O pernil é bem mais grosso que a costela, e assá-los simultaneamente pode significar acabar comendo uma costela seca ou um pernil cru. Se é assim que você prefere, então deixe-o inteiro. O ideal é separar as paletas (per-

Costela de boi grelhada é uma delícia:
dá trabalho mas compensa

À esquerda: contrafilé
À direita: lingüiça e pernil de leitão

nas dianteiras), os pernis e remover o longo osso da coluna para facilitar o corte ao servir. Fazer isso é fácil, qualquer açougueiro é capaz, mas em geral não tem a idéia de fazê-lo.

Mais uma dica. Com uma faca bem afiada quadricule todo o courinho do leitão: faça cortes ao longo e na transversal da carcaça, traçando quadrados de 2 cm. Dessa forma, a gordura que derrete durante o assado tem por onde sair, não encharcando a carne.

O leitão também gosta de temperos. Faça uma marinada com partes iguais de vinho branco seco e água (1 garrafa de cada), manjericão e tomilho frescos, 4 dentes de alho, salsinha, 1 cebola em rodelas, sal e pimenta-do-reino branca moída na hora. Deixe o leitão de molho por 1 hora e asse regando a cada 15 minutos. Coloque tudo junto na brasa.

Como a costela e o lombo ficam prontos antes, sirva-os de entrada. As paletas servirão de prato principal, e os pernis, sempre mais demorados, de sobremesa.

Outra entrada ótima e que já deu muito pano para manga lá em casa é o rim de vitela. Sem dúvida, uma iguaria. E, se você é da turma do "não provei e não gostei", um recado: quem come rim de vitela sem saber o que é com certeza acaba gostando. Quer ver? Use somente rim de vitela de leite, que tem pelo menos 10 cm. Corte ao meio (longitudinalmente) sem separar as duas partes e deixe marinar, por 30 minutos apenas, em vinho branco seco, sálvia, água, sal e pimenta-do-reino preta moída na hora. Grelhe, regando com o molho sempre. Sirva ao ponto. Deixe os convidados provar e depois conte o que é. Como todos terão gostado (experiência pessoal), as broncas serão suaves, se houver.

As outras carnes de porco pioraram muito com a modernidade, ficando secas para o churrasco, exceção feita às finas fatias de copa fresca. Também é uma excelente entrada. Deixe-as de molho em leite, sal e pimenta branca por alguns minutos. Grelhe e verá! Hoje, o porco, por intervenção da engenharia genética e por ter sua alimentação modificada, apresenta uma carne magra e saudável (sic!), porém totalmente sem graça, com as honrosas exceções já citadas. Assim, o lombo, outrora um dos grandes pratos do almoço de domingo, só fica bom com muita mágica, e no forno. No churrasco, a verdade é indisfarçável.

A carne de babybúfalo também é excelente opção no churrasco, particularmente a costela, o prime rib (bisteca com osso), o T-bone, a picanha e as fatias de pernil sem osso, cortadas com 3 cm de espessura. Deve ser servida ao ponto (exceção feita à costela), pois assim fica muito suculenta. Tempere com sal (pode ser sal grosso) e pimenta-do-reino branca moída na hora.

São, entretanto, as carnes de boi aquelas que se confundem com a palavra churrasco, particularmente a picanha. Mas atenção: ela não é a única. A maminha também é ótima (as grandes e mais gordas, as melhores). Ambas são servidas ao ponto e cortadas em fatias não muito grossas (1 cm) quando assadas em peças. Se forem em postas, não. A espessura deve ser de 2,5 a 3 cm. A camada de gordura tem de estar uniforme em ambos os casos, e os nervos e peles removidos antes de salgar. Além delas, temos a fraldinha, uma carne tão suculenta quanto traiçoeira. Teste sempre durante o assado, pois em um certo momento pode estar muito crua por dentro e rapidamente passar do ponto, ficando seca. Escolha sempre fraldinhas grandes e gordas. A gordura não deve ser comida, mas garante sobretudo que a carne é proveniente de animal de boa qualidade. O miolo

**Posta de contra-filé em tiras**

de alcatra, o contrafilé e a bisteca com osso são peças espessas e por isso mesmo ficam melhor quando cortadas em postas de 2,5 a 3 cm.
E cuidado ao salgar: se nas peças inteiras o sal grosso deve ser à vontade, nas carnes em postas deve ser usado com atenção. Sal de menos dá para corrigir. Já a mais...
O cordeiro é outra boa idéia para churrasco. Escolha sempre carnes de um animal novo e com boa cobertura de gordura. Existem no comércio dois tipos de cordeiro: o chamado mamão (porque só teve leite como alimentação) e o adolescente, pois se for adulto será carneiro (carne com sabor forte e mais dura). Fazer churrasco com esse animal requer paciência, mas compensa. Os puristas evitam o cordeiro mamão argumentando que sua carne tem pouco sabor. Isso é quase verdade, mas a idéia não deve ser rejeitada. Sua carne é bem macia e os mais gordos já têm um bom aroma. Para ser mais explícito, um cordeiro mamão pesa até 10 kg, um cordeiro adolescente, entre 10 e 16 kg, e o carneiro, entre 17 e 25 kg. A melhor forma de cortar o cordeiro mamão é exatamente igual à do leitão, isto é, separando as paletas, os pernis e as costelas com o lombo. Para facilitar o corte na hora de servir, peça ao açougueiro que retire o osso da pá da paleta e o de alcatra do pernil. Assim ficarão apenas os ossos redondos, facilitando a obtenção de fatias mais bonitas. Essa regra vale também para o leitão. No caso do cordeiro maior, outros cortes podem ser feitos, além da paleta e do pernil.
O carrê de bom tamanho pode ser separado em costeletas ou desossado para fazer lombo. Ambos são ótimos para churrasco. Tempere com alho, alecrim e tomilho frescos, sal e pimenta-do-reino preta moída na hora. Quando estiver pronto, sirva como os ingleses, com molho e geléia de hortelã. Combinam muito bem, mas não são, como muitos pensam, imprescindíveis.

## Como calcular as quantidades

Calcular a quantidade de carne para o churrasco é muitas vezes um problema. Em geral se peca pelo excesso, à toa. O calculo é simples e matemático. Para cada guloso que garante comer 1 kg de carne (e em geral come mesmo) existem outros que se satisfazem com 250 g. Portanto calcule 400 g por pessoa (no caso de adultos), é a conta certa para nunca faltar. Mas como toda regra tem exceções, vamos a elas.
Quanto maior a variedade de carnes servida, maior deve ser a quantidade por tipo, para não haver o risco de faltar quando várias pessoas optarem por um determinado corte. Sendo mais prático, se você fizer, por exemplo, lingüiça fresca, costela de porco e uma carne de boi, a conta por pessoa será a seguinte: 100 g de lingüiça, 200 g de costela de porco (seria 100 g, mas, como metade é osso, calcule o dobro) e 200 g de picanha (por exemplo). Total: 400 g entre lingüiça e outras carnes. Se você optar por uma variedade maior, veja o que acontece. Entrada: lingüiça fresca, asa de frango e costela de porco. Prato principal: picanha, maminha, fraldinha e costeletas de cordeiro. Vamos às contas: 60 g de lingüiça, 100 g de asa de frango (metade osso), 100 g de costela de porco (metade osso), 150 g de picanha, 100 g de maminha, 100 g de fraldinha e 200 g de costeleta de cordeiro (metade osso e perdas). Total: 710 g, considerando tudo, sem as perdas dos ossos.

## Regrinhas de ouro do churrasco

Não tem como errar. Certas regras valem para todas as carnes. No churrasco, assim como nos assados em geral, a carne deve ser selada primeiro, ou seja, tostada rapidamente em toda a superfície para que os sucos permaneçam. Carne deve ser sempre macia (o que, dependendo da escolha, é atributo característico de animais jovens e gordos) e suculenta (só depende de você!). Comece a grelhar a carne na parte mais quente da churrasqueira, tostando de todos os lados. Depois, na parte de braseiro menos intenso (é sempre bom fazer uma com mais e outra com menos carvão), asse-a até chegar ao ponto desejado.
Muitos perguntam: "A picanha deve ser feita com a gordura para cima ou para baixo?" É melhor que fique para cima depois de devidamente tostada. Só no fim é que deve ser virada para acabar de derreter. Gordura bem tostada e derretida é uma delícia, embora proibida. Gordura

meio crua é horrível. Essa sim é que deveria ser proibida. Para descobrir o ponto da carne sem cortar, pressione-a com as costas de um garfo. Regra geral: quanto mais macia, menos passada; quanto mais firme, mais passada. Nas carnes em postas, cuidado, não há tempo para correções. Se descuidar, passa do ponto. Não saia do lado da churrasqueira em hipótese alguma.
A brasa é linda, mas traiçoeira: pode apagar ou, se pingar gordura derretida, virar labareda e queimar a carne. Se aparecerem umas chaminhas, não se apavore. Apague-as! Com água jamais, é apenas um paliativo e ainda levanta uma fuligem que gruda na carne e é terrível. Para apagar o fogo de vez use as cinzas do churrasco anterior (é bom guardar as cinzas, se não para usá-las na churrasqueira, ao menos para aproveitá-las nos canteiros do jardim) ou areia, se estiver na praia. Ambas extinguem a chama. No final, se você quiser reavivar a chama, basta mexer um pouco com um pedaço de pau que a cinza cai e a brasa fica mais forte.
Carnes que foram marinadas devem ser regadas com o molho do tempero durante o preparo. As que foram temperadas com sal grosso devem ter o excesso removido antes de serem colocadas na grelha.

### A técnica do pré-assado

Aprendi com Pierre Troisgros, quando o visitei em Roanne, em 1983, uma técnica que permite servir a carne com a parte interna mais rosada que vermelha, de maneira uniforme, por toda a superfície da fatia. Estamos nos referindo a carnes assadas em peças inteiras, evidentemente. Veja o que acontece: quando se coloca a carne na grelha sobre a brasa, os sucos se dirigem à direção oposta ao calor, ou seja, para cima. Quando você vira a peça, acontece o mesmo, de tal forma que todo o sangue acaba se concentrando no centro da carne. Assim, ao cortá-la, vemos a parte externa passada, uma camada intermediária rosada e outra mais interna praticamente crua.
Já com a técnica do pré-assado ela fica diferente. Primeiro toste a carne de todos os lados, retire da churrasqueira, cubra-a com um pano e deixe-a esfriar. Meia hora depois, no mínimo, volte a carne para a brasa e termine de assar. Não me pergunte por que, mas o suco não volta mais ao meio e o interior fica mais apetitoso, com um rosado bem uniforme, como na foto do rosbife (ver pág. 82).
Claro que quando Pierre Troisgros me apresentou essa técnica não foi para churrasco e sim para um magnífico côte de

Leitões e cordeiros convivem na mesma grelha

Picanha pode ser sinônimo de churrasco.
Mas não é a única. O miolo de alcatra também é ótimo

boeuf (bisteca de boi com osso), uma das *pièces de résistance* de seu inconfundível restaurante. Sempre com a mania de inovar, aproveitamos essa ótima idéia no churrasco e ainda facilitamos a vida do dono da casa. Se não, veja: você tem um churrasco para vinte pessoas (lembre-se do provérbio gaúcho: "É churrasco ou é mais de vinte?"). Prepare-se, você vai trabalhar, e duro, enquanto os outros se divertem (e, se não tiver sorte, ainda será alvo de chacotas). Solução: depois do café da manhã, por volta das 10 horas, prepare a brasa e pré-asse as carnes, conforme ensinei acima, e reserve-as até meia hora antes do momento previsto para servi-las. Durante a espera, mantenha a churrasqueira acesa com pouca brasa. Quando faltarem 20 minutos para colocar a carne, recarregue com mais carvão. Lembre-se de que, com a churrasqueira bem quente, a carne assa com mais uniformidade. Volte então a carne para o acabamento. Assim, você aproveita o dia, se diverte com as visitas e, de quebra, o churrasco fica perfeito. Obrigado, Pierre!

**O sal**

Apesar de orquidário ser o lugar onde se cultivam orquídeas, salário não é o local em que se produz sal. O significado original dessa palavra, que vem do latim *salarium*, quantia paga para os soldados comprarem sal, é a prova mais cristalina da importância do sal para a humanidade. Pode-se chamá-lo de "tempero dos temperos", já que é rara a receita que pode prescindir desse ingrediente precioso. O sal tem o poder de dar mais "corpo" aos pratos, realçando todos os outros sabores. Tanto é verdade que até no jargão popular a palavra comparece: pessoa "sem sal" é aquele indivíduo sem tempero, sem graça. Da mais trivial das comidas à *haute cuisine*, o sal desempenha ao mesmo tempo três papéis importantes: além de temperar e preservar os alimentos, ainda fornece ao organismo cloro e sódio, elementos necessários para o equilíbrio do metabolismo e para as atividades dos nervos e músculos. Era tão valorizado na Antiguidade que sobre seu comércio cobrava-se pesado imposto, assim como

**Acima: prime rib de babybúfalo**
**Na página ao lado: baby beef, parte do miolo de alcatra**

hoje acontece com o tabaco e o álcool.

O sal, ou cloreto de sódio, está presente na Terra desde sua formação. Todo ele é (ou foi) do mar. Hoje, onde há minas de sal, em alguma época teria havido mar. A qualidade do sal depende das características das águas de onde foi extraído; existe, sim, sal mais ou menos salgado. A diferença mais notável se percebe entre o sal grosso e o refinado. Por suas propriedades, o sal se umedece com facilidade, o que torna difícil seu uso em saleiros convencionais. Por essa razão, a indústria passou a acrescentar carbonato de magnésio para torná-lo fluido e não embolar. Isso facilitou o uso do saleiro, mas prejudicou o sabor do sal. Quanto ao sal grosso, é ingrediente imprescindível do churrasco, realçando ainda mais o sabor da carne.

Muito antes das geladeiras, usava-se o sal para conservar carnes, peixes e outros alimentos. Assim nasceram as carnes curadas e defumadas na Europa e a nossa tradicional carne-de-sol, importante prato do Nordeste. A carne de boi é desossada, aberta em mantas, para reduzir a espessura, e salgada de ambos os lados com sal grosso. Depois da primeira curtida, é levada aos varais para ser desidratada pelo sol. Assim, o charque ou carne-de-sol se conserva por muito tempo, sem necessidade de refrigeração. O sal tem um sabor básico. É, sem dúvida, o mais comum dos ingredientes na cozinha. Pena que muitos não usam e sim abusam dele, o que é um erro irreparável.

Dica importante: na dúvida, use sempre sal de menos. Acrescentar depois é fácil, retirar o excesso já é um pouco mais difícil.

E, para encerrar, um pensamento de Pitágoras:

"O sal foi concebido pelos mais puros dos pais: o sol e o mar".

**Outras dicas:**

Todo prato servido frio deve ser mais salgado, pois o sal age com menos intensidade sobre o palato em temperaturas mais baixas.

Quando preparar caldos não use sal durante a redução. A água evapora e o sal se concentra. Cuidado: para esse erro não há solução!

Uma pitada de sal deve ser acrescentada quando se batem claras em neve. As claras ficarão mais firmes. Até em bolos a pitada é indispensável. Ajuda a realçar o sabor.

Não salgue carnes com antecedência. O sal facilita a exsudação, tornando a carne mais seca.

Uma maneira prática de temperar é misturar o sal com ervas secas. Sal de aipo, de alho e de ervas são algumas das misturas mais usadas na cozinha.

Caldaro da sei some
Vaso per cocer pesse
Instrumenti diuersi
stamegna di canne
Conserna tonda
fero da pasta
fuochone
sachi di curame per farina
borse per specie
raschiator di forno
Caldaro da 4 some
stamegna di ottone
pala per infornar
Conserna mezana

Caldaro mezano de 3 some d'acqua
Quattro piedi
Forno di rame có li trepiedi
Conserua dele

Capítulo 6

# prato principal

**o boi, a vitela, o babybúfalo e o cordeiro são as estrelas de deliciosas receitas clássicas**

*Receitas com carne de*

# Boi

Responsável pela maior parte da produção da assim chamada carne vermelha (para mim, puro preconceito), o boi é um animal politicamente incorreto por excelência. Dá péssimo exemplo a seus fiéis consumidores, comendo de tudo, menos carne... Um herbívoro autêntico, e só Deus sabe como consegue ter um aspecto tão saudável! E não só aspecto: a carne que produz é ingrediente fundamental para nossa alimentação. No Brasil, terra do zebu, existe outro dado importante: nosso gado, antes desprezado como raça inferior, tornou-se um dos mais procurados até nos Estados Unidos, onde imperam as carnes européias, quase todas US Prime. US Prime significa, pela tipificação americana de carcaças, a melhor das qualidades, pois é entremeada de gordura. Hoje, com um olho no paladar e outro no colesterol, esses conceitos mudaram. Nosso franzino zebu passou a ser mais apreciado, pois, embora tenha a carne menos suculenta, é muito mais saudável. Vem sendo exportado "em pé" para os Estados Unidos, onde, por meio de cruzamentos, começa a emagrecer o gordo gado americano. Iniciamos nossas receitas com as de carne bovina, porque no Brasil, quando se fala em carne, pensa-se imediatamente em boi.

# Um bom bife

Nada como um bom bife! Ao lado do churrasco, o bife é com certeza o grande prato nacional e um dos poucos consumidos de norte a sul do país, sem exceção. Para prepará-lo precisa-se de uma boa carne e de uma boa frigideira. A melhor frigideira é a de ferro fundido, por apresentar uma característica importantíssima: uma vez bem aquecida, mantém o calor uniforme durante todo o preparo. A carne para um bom bife deve ser macia – se for maturada, melhor ainda – e ter um pouco de gordura entremeada, como a picanha, a bisteca de boi ou o miolo de alcatra.

## Dicas para o preparo do bife

1. Passe um pouco de sal e moa um pouco de pimenta-do-reino (a pimenta deve ser sempre moída na hora, pois as pré-moídas perdem logo o aroma, mantendo apenas o ardido) sobre cada fatia de carne 2 a 3 minutos antes de levar ao fogo.
2. Aqueça bem a frigideira, untando-a com um pouco de azeite ou óleo.
3. Atenção: nunca coloque mais que duas fatias na frigideira, para evitar que a carne solte suco, no qual fatalmente cozinharia. A técnica para todas as carnes grelhadas é tostar rapidamente os dois lados para que as superfícies fiquem seladas, mantendo o suco em seu interior. Lembre-se: carne suculenta é sinônimo de carne saborosa.
4. Uma vez tendo os dois lados selados, pode-se abaixar o fogo e aguardar que a carne chegue ao ponto desejado. Uma forma de saber o ponto é apertá-la, enquanto grelha, com as costas de um garfo:quanto mais elástica a superfície, menos passada está a carne; quanto mais firme, mais passada. Como referência, uma carne com 2 cm de espessura leva aproximadamente 5 minutos de cada lado para ficar no ponto.

## Dicas para o uso da frigideira

1. Após lavá-la, leve-a de volta ao fogo, pois só assim o ferro ficará completamente seco, impedindo que enferruje. O pano de prato, por ser poroso, só seca a superfície da frigideira, tornando-a vulnerável à ferrugem.
2. Também para evitar a oxidação nunca guarde peças de ferro fundido embaixo da pia.

## Manteiga de ervas

### Ingredientes

200 g de manteiga em temperatura ambiente e sal
1 colher (sopa) de cebolinha francesa picada
1/2 colher (sopa) de salsinha picada
1 pitada de pimenta-do-reino branca moída na hora
1/2 colher (chá) de suco de limão

### Preparo

Misture a manteiga, um pouco de sal, a cebolinha francesa, a salsinha, a pimenta-do-reino e o suco de limão. Quando a mistura estiver bem homogênea é hora de fazer a fôrma. Sobre uma esteira, daquelas de fazer sushi, estenda uma folha de papel de alumínio e coloque a mistura de manteiga. Enrole com cuidado e aperte, formando um cilindro de 3 cm de diâmetro. Leve ao congelador por 15 minutos. Retire a esteira e você terá um cilindro de manteiga enrolado em folha de alumínio. Quando a carne estiver sendo servida, desembrulhe a manteiga e corte-a em fatias de 1/2 cm. Coloque uma rodela sobre cada bife. Esta manteiga também fica ótima com batata assada.

# Rosbife

PARA 5 A 6 PESSOAS

Como a maioria das casas brasileiras têm fornos a gás, portanto de temperatura desigual, o melhor é preparar o rosbife sobre o fogão. Usando uma boa panela de aço inox fundo triplo, de ferro fundido ou até de alumínio de parede grossa, reduz-se a quantidade de gordura que espirra para fora.

**Ingredientes**

1 kg de bisteca de boi sem osso, nervos e gorduras
1 colher (sopa) de tomilho fresco
sal e 1 colher (chá) de pimenta-do-reino preta moída na hora
1 colher (sopa) de azeite extravirgem
1 colher (sopa) de manteiga

**Preparo**

Deixe a carne fora da geladeira pelo menos 1 hora antes de ser temperada. Assim, o tempero age melhor e ajuda na obtenção da crosta do assado, o que é fundamental para realçar o sabor. Em seguida, tempere a carne com tomilho, sal e pimenta-do-reino, deixando-a repousar por 15 minutos. Leve a panela ao fogo alto, coloque o azeite e, em seguida, a manteiga. Misture. Coloque a carne só quando o azeite e a manteiga estiverem bem quentes. Frite-a dos quatro lados. Para um rosbife ao ponto, são necessários 7 minutos de cada lado; se preferir malpassado, bastam 5 minutos de cada lado. Depois de dourar os quatro lados, abaixe o fogo para não queimar. Sirva bem quente ou deixe esfriar. O rosbife é ótimo frio com creme de raiz forte.

## Steak tartare

PARA 4 PESSOAS

Esta é uma das melhores receitas de verão. Pode ser servida como entrada, prato principal ou mesmo como canapé. A carne não deve ser moída e sim picada, para que não perca sua textura e suculência. Atenção: prepare este prato sempre instantes antes de ser servido e tenha sempre à mão uma vodca gelada.

**Ingredientes**

500 g de filé-mignon ou miolo de alcatra sem nervos e gordura
4 colheres (sopa) de salsinha picada
4 colheres (sopa) de alcaparra picada
4 colheres (sopa) de cebola picada, preferencialmente roxa
2 colheres (sopa) de pepino em conserva picado
sal e pimenta-do-reino preta moída na hora
4 gemas

**Preparo**

Corte a carne em fatias bem finas e depois em tiras. Com a ajuda de duas facas, bata até que os pedaços fiquem bem pequenos. Misture a carne com os ingredientes, menos as gemas, e separe-a em quatro porções. Se desejar, corte a cebola e o pepino em pedaços maiores para melhorar a textura na hora de comer. Disponha cada porção em um prato, dando o formato de um monte. Afunde o centro com a colher, coloque a gema e sirva. Cada pessoa deve desmanchar sua gema, misturar e comer com pão de centeio e manteiga. Se o steak tartare for o prato principal, pode-se moer mais pimenta-do-reino, que enriquece seu sabor.

## Músculo cozido em vinho Borgonha

PARA 6 PESSOAS

Este é um prato clássico, servido em diversas regiões da França. Fica melhor quando preparado de véspera, para que toda a gordura possa ser removida. Os inúmeros sabores desta receita são resultantes do cozimento lento. Aliás, segundo minha avó Ilona, "o segredo da cozinha é o fogo lento". Esta receita é perfeita para congelamento. Assim, pode-se preparar o dobro e guardar para uma outra ocasião.

### Ingredientes

1,5 kg de músculo em cubinhos
5 cebolas brancas picadas em pedaços grandes
5 cebolas roxas picadas em pedaços grandes
5 cenouras picadas em pedaços grandes
3 dentes de alho picados
2 galhos de tomilho
2 folhas de louro
5 colheres (sopa) de salsinha não muito picada
2 garrafas de vinho Borgonha tinto
150 g de toucinho defumado em cubos grandes
1 xícara de conhaque
150 ml de xerez bem seco
250 g de cogumelos frescos
2 colheres (sopa) de manteiga
250 g de minicebolas redondas
sal e pimenta-do-reino preta moída na hora

### Preparo

Coloque a carne em uma vasilha grande (não de alumínio) com as cebolas, a cenoura, o alho e as ervas. Junte o vinho e deixe marinando durante uma noite. Depois, retire a carne e reserve o líquido. Frite o toucinho em uma panela pesada. Junte a carne e frite bem de todos os lados. Acrescente o conhaque e flambe. Adicione o xerez e cubra com parte da marinada. Tampe a panela e cozinhe em fogo baixo por 3 horas. Se a carne estiver secando, junte mais da marinada. Em uma frigideira, frite os cogumelos na manteiga. Misture-os à carne e acrescente as cebolinhas. Cozinhe por mais 10 ou 15 minutos, até que as cebolinhas fiquem macias. Tempere com sal e pimenta- do-reino. Sirva com batata cozida.

## Rabada à inglesa

PARA 4 PESSOAS

Dizem os ingleses que este prato deveria ser obrigatório nos cardápios dos aeroportos do país para que o turista, ao entrar ou sair, possa comer pelo menos um bom prato britânico. O "um" é exagero deles, já o "bom prato" não...

### Ingredientes

1,2 kg de rabo de boi (dê preferência aos pedaços médios)
2 colheres (sopa) de azeite de oliva
50 g de bacon picado
1 cebola grande picada
1 dente de alho picado
300 ml de vinho branco seco
sal e pimenta-do-reino preta moída na hora
400 ml de caldo de carne
4 talos de salsão cortados em pedaços de 4 cm
4 tomates em pedaços sem pele e sementes
salsinha picada

### Preparo

Corte o rabo em pedaços, na cartilagem. Em uma panela grande, aqueça o azeite e junte o bacon, fritando até que ele comece a derreter. Acrescente a cebola e o alho e continue fritando até a cebola ficar transparente. Adicione o rabo e frite até que fique dourado de todos os lados. Despeje o vinho e tempere com sal e pimenta-do-reino. Tampe a panela e cozinhe em fogo lento por 2 horas, mexendo de vez em quando e adicionando um pouco de caldo de carne (sempre bem quente) para que o molho não seque. Quando a carne estiver macia junte o salsão e cozinhe por 5 minutos. Em seguida, acrescente os tomates e cozinhe por mais 10 minutos. Acerte os temperos e polvilhe com salsinha na hora de servir.

## Boeuf à la ficelle

PARA 6 PESSOAS

Mais uma das receitas clássicas das chamadas *tables sérieuses* da França. O boeuf à la ficelle, que significa carne de boi com barbante, é um prato único. A carne não deve tocar o fundo da panela, sendo cozida em um caldo pendurada por um barbante. É um cozido raro, em que se serve a carne malpassada ou ao ponto. Esta receita pode ser também preparada com pernil de cordeiro desossado ou mesmo uma bisteca de boi sem osso e gorduras.

**Ingredientes**

1,5 kg de miolo de alcatra sem nervos e gorduras
2 1/2 litros de caldo de carne
sal e pimenta-do-reino preta moída na hora

**Preparo**

Selecione um bom miolo de alcatra de formato uniforme. A peça deve ser grossa. Passe um barbante forte de algodão em toda a volta da carne, deixando bastante sobra nas duas pontas. Amarre essas duas pontas em uma colher de pau, para que, ao levantar a colher, a carne fique pendurada na horizontal. Se a carne for mais comprida, amarre também no meio da peça para que fique mais firme quando pendurada. Em uma panela alta, coloque caldo de carne até completar 3/4 do volume. Quando estiver fervendo, levante a carne pela colher de pau e coloque-a dentro da panela. A colher deverá ser maior que o diâmetro da panela, assim ficará apoiada em suas bordas, garantindo que a carne fique submersa mas sem encostar no fundo. Volte a panela ao fogo, tampe e cozinhe por 25 minutos, se desejar a carne malpassada, ou por 30 minutos, se preferi-la ao ponto. Como o tempo de cozimento é crucial, se a carne for longa e fina reduza-o para 15 a 20 minutos. Na hora de servir, desamarre os barbantes e disponha a carne em uma travessa de madeira. Não se preocupe com sua aparência acinzentada, típica de carne cozida. Corte-a em fatias e sirva. O miolo deve estar bem vermelho e suculento. Cada comensal tempera seu prato com sal e pimenta-do-reino a gosto. Sirva com molho béarnaise ou madeira. Os dois acompanham muito bem o boeuf à la ficelle.

# Entrecôte bordelaise

PARA 4 PESSOAS

**Ingredientes**

4 fatias de entrecôte
50 ml de azeite extravirgem
50 ml de manteiga derretida
sal e pimenta-do-reino preta moída na hora
1 pitada de noz-moscada
4 cebolas roxas picadas
1/2 kg de tutano de boi em fatias de 1/2 cm cozidas
1 colher (sopa) de salsinha picada
agrião para guarnecer

**Preparo**

Misture o azeite com a manteiga e passe sobre as superfícies das fatias de carne. Aqueça bem duas frigideiras de ferro fundido e frite a carne até o ponto desejado. Tempere com sal e pimenta-do-reino. Acrescente a noz-moscada, a cebola e o tutano. Cozinhe por 1 minuto e desligue o fogo. Salpique com a salsinha e disponha em uma travessa aquecida (sempre), guarnecida com o agrião. Sirva acompanhado de batatas cortadas em rodelas bem finas e fritas em óleo superquente.

**Dica:** para retirar o tutano de boi, observe que sempre um lado do osso tem diâmetro maior; assim, é só pressionar delicadamente o tutano com o dedo na parte mais estreita, que a remoção será muito fácil. Depois, corte-o em rodelas de 1/2 cm, salgue levemente e disponha sobre uma escumadeira. Com cuidado, coloque por alguns segundos a escumadeira com as rodelas sobre a superfície de uma panela de água fervente e o tutano já estará cozido.

# Filet en croûte recheado com foie gras

PARA 6 PESSOAS

**Ingredientes**

1 filé-mignon limpo de aproximadamente 2 kg
sal e pimenta-do-reino moída na hora
1/2 xícara de armagnac
700 g de foie gras semicozido (mi-cuit)
100 g de trufas em fatias finas
manteiga para untar
1 kg de massa folhada
1 gema

**Preparo**

Limpe a carne e remova as extremidades para que resulte em uma peça cilíndrica. Abra-a ao meio, no sentido do comprimento, sem deixar as duas partes se separarem. Tempere com sal e pimenta-do reino e molhe o interior com armagnac (para quem não sabe, o armagnac é considerado pelos invejosos como o primo pobre do conhaque, o que é pura invenção. É um excelente digestivo, com legiões de admiradores). Recheie a carne com o foie gras e a trufa e amarre bem com barbante de algodão puro (que não queima no fogo). Coloque uma assadeira do tamanho aproximado da carne sobre o fogão, acenda duas bocas, unte com manteiga e frite a carne de todos os lados por aproximadamente 15 minutos. Deixe esfriar por 10 minutos. Em seguida, enrole-a na massa folhada, pincele a massa com gema e leve ao forno bem quente (250ºC) por mais 30 minutos ou até que a massa esteja bem dourada. Corte em fatias e sirva.

## Supercozido

PARA 8 PESSOAS

Todo país que se preze tem o seu cozido. São todos muito bons e até parecidos, embora cada um tenha personalidade própria. As melhores carnes para o cozido são as mais baratas: músculo e costela. A adição da maminha e da picanha é para satisfazer os que não apreciam as carnes que tremem no prato. Deve sempre ser servido muito quente, quase queimando. O inverno é a época ideal para servir o cozido com o caldo. É dentro dele que as carnes e os legumes devem ser levados à mesa para manterem a temperatura. É também um prato perfeito para o verão, pois carnes e legumes cozidos são leves e de fácil digestão – a não ser que se exagere na dose, claro! O caldo em que se cozinharam os legumes também pode ser base de muitos molhos ou virar um *consomée*.

### Ingredientes

1 kg de músculo da canela (o do ossobuco)
1 tira de costela de 1,5 kg
1 maminha
1 picanha sem gordura
sal
óleo
15 ramos de salsinha
2 talos de salsão
1 cabeça pequena de alho descascado
4 folhas de louro
4 ossos com tutano
1 colher (sopa) de pimenta-do-reino em grão
1 noz-moscada inteira
1 repolho
4 batatas
4 cebolas pequenas
1 couve-flor
4 batatas-doces
4 cenouras

### Preparo

A explicação é longa, mas vale a pena... Coloque duas panelas de água para ferver (aproximadamente 4 litros em cada). Enquanto isso, salgue as carnes e leve-as ao fogo em uma panela bem grande com uma fina camada de óleo no fundo. Frite todas as carnes retirando as que já estiverem douradas. Depois de prontas, recoloque-as na panela e cubra-as com a água que já deve estar fervendo. Acerte o sal do caldo (não deixe que fique muito salgado, pois com a evaporação o sal se concentrará) e acrescente a salsinha amarrada com o salsão, o alho, o louro, os ossos com tutano, a pimenta-do-reino e a noz-moscada. Tampe parcialmente a panela e cozinhe por 1 hora e meia a 2, dependendo do ponto de cozimento das carnes. Retire de 3 a 4 litros do caldo (se evaporou muito, pode ser completado com água sempre fervente) e pâsse para a panela em que vão ser cozidos os legumes. Os legumes entram nessa panela na ordem inversa de seu tempo de cozimento. Assim, comece com o repolho, a batata e a cebola. Quando estiverem quase prontos, coloque os outros legumes, que cozinham com muito mais rapidez. Acompanhe o ponto da carne para que carnes e legumes fiquem prontos ao mesmo tempo. Disponha os legumes na panela das carnes e sirva. Em cada prato coloque uma fatia fina de cada um dos componentes do cozido. Acompanhe o prato com uma boa mostarda, raiz-forte e mostarda de Cremona, que, por ser adocicada, equilibra bem o sabor das carnes.

# Miolo de alcatra assado em redução de vinhos

PARA 8 PESSOAS

**Ingredientes**

2,5 kg de miolo de alcatra
300 g de bacon cortado em tiras retangulares longas
4 cenouras em rodelas
2 cebolas grandes em rodelas
1 amarrado de ervas frescas (alecrim, sálvia, tomilho e manjerona)
sal e pimenta-do-reino em grão
1/2 kg de ossos de vitela cortados
1 xícara de caldo de carne
1 litro de vinho branco seco
50 ml de conhaque
1 colher (sopa) de maisena
100 ml de vinho Madeira

**Preparo**

Fure a carne e atravesse-a com as tiras de bacon. Coloque uma panela de fundo grosso em fogo forte e dentro disponha o restante do bacon, a cenoura e a cebola. Junte a carne e o amarrado de ervas frescas e tempere com sal e pimenta-do-reino. Vale a pena acrescentar os ossos de vitela para enriquecer o molho resultante do cozimento. Regue com o caldo de carne e cozinhe em fogo forte até dourar bem a carne. Após a redução do caldo adicione o vinho e o conhaque. Cubra a panela com papel-manteiga, amarre bem à volta e coloque a tampa. Cozinhe em fogo lento por 4 horas, até a carne ficar bem macia. Em seguida, abra a panela e passe o caldo pela peneira. Volte ao fogo e reduza o molho. Se desejar, engrosse-o com a maisena dissolvida no vinho Madeira. Disponha a carne em uma travessa aquecida, tendo em volta cebolinhas e cenourinhas glaciadas (douradas no açúcar e na manteiga) e vários tipos de purê (batata, mandioquinha e maçã).

## Picanha marchand de vin

PARA 4 PESSOAS

Esta receita, originária da Borgonha, era feita com entrecôte, mas a necessidade de inovar levou-nos a testar a mais popular das carnes legitimamente brasileiras: a picanha. Apenas recomendamos que se remova toda a sua gordura, além da pele. Se no churrasco a gordura é indispensável, nas preparações com molho torna-se até desagradável.

### Ingredientes

4 fatias de picanha de 3 cm sem gordura
pimenta-do-reino moída na hora
2 colheres (sopa) de manteiga
sal
100 g de cebola roxa picada
1/2 garrafa de um bom Borgonha
1 xícara de caldo de carne
1/2 xícara de creme de leite fresco
vinagre de vinho tinto
1 colher (sopa) de salsinha picada

### Preparo

Tempere as fatias de carne com pimenta-do-reino dos dois lados. Frite-as na manteiga até ficarem um pouco aquém do ponto (4 minutos de cada lado em fogo alto). Retire e tempere com sal. Mantenha a carne quente em uma travessa de cerâmica ou porcelana bem-aquecida. Coloque a cebola na frigideira. Solte o fundo com o vinho, adicione o caldo de carne, o creme de leite, sal e umas gotas de vinagre. Reduza o volume pela metade, mexendo sempre. Junte a salsinha picada e retire da frigideira. Sirva esse molho em volta da carne na travessa e acompanhe com batatas fritas.

**Importante:** use sempre um bom vinho e um bom vinagre. Bons pratos só se fazem com ingredientes de qualidade.

*Receitas com carne de*

# Vitela

Primeiramente, alguns esclarecimentos importantes, pois as respostas às perguntas que seguem devem ser conhecidas antes de se entrar na cozinha. O que é vitela? As receitas de vitela de livros europeus podem ser usadas com a vitela brasileira? Vitela é a carne do vitelo, o bezerro macho da vaca leiteira. Bezerras têm carreira mais interessante. Quando crescem se tornam vacas leiteiras, como a mamãe.

Os machos, no Brasil, ou são abatidos em duas a quatro semanas, os chamados vitelos de leite, ou então quando Deus quiser: aí começam a pastar, a carne fica vermelha, portanto, chamá-los de vitelo é um desrespeito ao cozinheiro competente. Na Europa, o vitelo (também os machos, sempre) é amamentado por duas semanas pela vaca e depois passa para uma alimentação à base de soro de leite e outros componentes sem ferro, para manter a carne sempre bem clarinha. O abate é feito depois de 14 a 16 semanas, quando o animal pesa cerca de 140 kg contra os 40 a 50 kg do vitelo de leite brasileiro.

Por essas razões, somadas ao fato de as carnes de vitelo europeu e americano serem muito mais gordas, é que as receitas "importadas" devem ser adaptadas quanto ao tempo e forma de preparo.

Depois dessas considerações iniciais, mãos à obra. E lembre-se: as receitas que seguem são todas para vitelos de leite, macios e com pouca gordura.

## Goulash de vitela

PARA 6 PESSOAS

Este é o prato que tornou a Hungria famosa. A receita a seguir é uma dentre as milhares de formas com que os húngaros preparam o verdadeiro goulash. Se cada um tem sua própria versão, em um ponto todos concordam: muita cebola e panela grande. Da cebola é que resultará o excelente molho e da panela grande o gostinho de assado, que só é possível se praticamente toda a carne encostar no fundo da panela, no início do preparo. Sirva com o nhoque húngaro (galuska) e ficará perfeito.

**Ingredientes**

1,8 kg de paleta de vitela sem osso cortada em cubos
150 g de toucinho fresco em pedacinhos
1,5 kg de cebola picada
1 colher (sopa) de páprica picante
sal
1 pitada de noz-moscada
1 kg de tomate sem pele e sementes
1 colher (sopa) de páprica doce

**Para o galuska:**

600 g de farinha de trigo
3 ovos
1 colher (chá) de sal
azeite de oliva

**Preparo**

Tire a carne da geladeira 2 horas antes do preparo, para que atinja a temperatura ambiente. Derreta o toucinho em uma panela. Antes de começar a escurecer, acrescente a cebola. Frite a cebola até começar a dourar. Junte a carne e frite até que fique bem dourada, mexendo sempre. Acrescente a páprica picante, o sal e a noz-moscada, sem parar de mexer. Adicione os tomates. Mexa bem, abaixe o fogo, tampe parcialmente a panela e deixe cozinhar por 25 minutos, até a carne ficar macia. Acrescente a páprica doce e acerte o sal, se necessário.

**Prepare o galuska:** misture em uma tigela grande a farinha de trigo, os ovos e o sal. Acrescente um pouco de água fria até produzir um creme espesso. Com uma colher de café vá despejando colheradinhas do creme em água fervente levemente salgada. Quando as bolinhas subirem à superfície, recolha-as com uma peneira, pois já estarão prontas. Antes de servir pode-se refogar rapidamente os nhoques em azeite.

# Ossobuco de vitela com molho de cebola

PARA 6 PESSOAS

**Ingredientes**

6 ossobucos de vitela com 4 cm de espessura
6 cebolas roxas grandes
4 folhas de louro
3 dentes de alho grandes
2 cravos
6 colheres (sopa) de manteiga
6 colheres (sopa) de azeite extravirgem
1/2 xícara de farinha de trigo
1/2 xícara de vinho branco seco
casca ralada de 1 limão
2 xícaras de caldo de carne quente
sal e pimenta-do-reino preta moída na hora
1 pitada de noz-moscada moída na hora

**Para o acompanhamento**

15 galhos de salsinha (só as folhas)
4 folhas de sálvia fresca
1 dente de alho
casca ralada de 1 limão
sal grosso moído
1/2 colher (chá) de açafrão moído
15 grãos de pimenta-do-reino
2 xícaras de arroz cru

**Preparo**

Corte as cebolas em fatias de 1 cm e mergulhe-as em uma tigela de água fria por meia hora, para suavizá-las. Enrole um barbante em volta de cada ossobuco. Disponha o louro, o alho e o cravo sobre uma gaze e amarre as pontas para fazer um saquinho. Escorra e seque as cebolas. Em uma panela pesada, derreta em fogo médio 4 colheres (sopa) de manteiga com o azeite. Junte a cebola, tampe e cozinhe por 20 minutos, mexendo de vez em quando, até que elas fiquem transparentes. Enquanto isso, passe farinha nos dois lados do ossobuco (menos na lateral). Com uma escumadeira, transfira as cebolas para uma assadeira, deixando os sucos na panela. Coloque o restante da manteiga na panela e, quando ela estiver derretida, adicione os ossobucos. Doure os dois lados e depois adicione o vinho, deixando reduzir até quase secar.

Preaqueça o forno a 250°C. Disponha os ossobucos na assadeira em uma única camada, sobre as cebolas. Salpique a casca de limão ralada sobre a carne, depois adicione o caldo de carne quente e o resto do molho da panela. Tempere com sal, pimenta-do-reino e noz-moscada. Coloque o saquinho de temperos na assadeira. Cubra com uma folha de papel de alumínio e asse por 1 hora e meia a 2, verificando sempre a maciez da carne, que pode variar muito dependendo de sua origem. Durante o tempo de forno, mexa a assadeira (sem remover a folha de alumínio) a cada 15 minutos para que a carne não grude no fundo. Se necessário, respingue com água fervente. Enquanto isso, pique a salsinha, a sálvia e o alho. Misture tudo e coloque em uma tigelinha. Junte a casca de limão e misture bem. Transfira os ossobucos para uma travessa aquecida, retirando os barbantes com cuidado, e cubra-os para mantê-los quentes. Descarte o saquinho de temperos e bata no liquidificador, por alguns segundos, o que sobrou na assadeira. Passe tudo para uma panelinha e leve-a ao fogo médio. Acerte o sal e a pimenta e cozinhe o molho por 5 a 10 minutos. Enquanto estiver cozinhando, prepare o arroz para o acompanhamento. Ferva 2 litros de água, junte o sal grosso moído a gosto, o açafrão, os grãos de pimenta e aí, sim, o arroz. Misture bem e deixe o arroz cozinhar até que fique *al dente*. Escorra o arroz. Coloque o molho quente no fundo da travessa aquecida e por cima disponha os ossobucos salpicados com os ingredientes picados da tigela. Sirva em seguida com o arroz.

## Pernil de vitela de leite assado

PARA 6 A 8 PESSOAS

**Ingredientes**

1 pernil de vitela de leite de aproximadamente 3 kg
20 folhas de sálvia fresca
10 galhos de tomilho fresco
2 folhas de louro
1 cebola grande picada
6 dentes de alho
1 xícara de azeite extravirgem
sal e pimenta-do-reino branca moída na hora
1 1/2 litro de vinho branco seco
1 pitada de noz-moscada
azeite para dourar o pernil e untar
2 xícaras de vinho branco seco
200 g de manteiga

**Preparo**

De véspera, misture as ervas (sálvia, tomilho e louro), a cebola e o alho com o azeite e reserve. No dia seguinte, coloque o pernil em uma assadeira e salgue-o bem. Moa bastante pimenta sobre a carne. Regue com o vinho branco e a mistura das ervas, alho e azeite já aromatizado. Adicione a noz-moscada e deixe o pernil fora da geladeira, coberto com filme de PVC ou pano limpo de cozinha (o filme é melhor, pois não absorve os temperos), por 5 a 6 horas para que o gosto penetre com mais profundidade.

Separe a carne e coe o molho. Leve a assadeira vazia a duas bocas do fogão. Estando bem quente, coloque um pouco do azeite e doure o pernil de todos os lados. Em seguida, leve-o ao forno preaquecido a 250ºC e asse por meia hora. Abaixe o fogo para médio (180ºC) e vire a carne. Asse por mais 1 hora e meia, virando a cada 30 minutos e regando sempre com o molho em que ficou marinando, até que fique macio.

Retire o pernil. Unte uma assadeira limpa com azeite e coloque o pernil de volta ao forno para mantê-lo aquecido. Da assadeira em que se assou o pernil será preparado o molho. Leve-a novamente ao fogão, em fogo baixo, e adicione 1 xícara de vinho branco para desgrudar o fundo. Deixe reduzir o volume à metade, por evaporação, e acrescente o restante do vinho branco, limpando sempre o fundo com uma colher de pau. Reduza novamente o caldo e coe em uma peneira de aço inox (ou em um chinois, se você tiver) sobre uma panela pequena (melhor ainda se for de cobre estanhado). Coloque a manteiga e com um batedor vá incorporando-a ao molho até que ele se torne um fino creme aveludado. Sirva as fatias de pernil regadas com esse molho, modestamente falando, maravilhoso.

## Escalopes de vitela com endívia

PARA 4 PESSOAS

**Ingredientes**

800 g de escalopes de vitela
4 endívias
1 limão
1/2 colher (sopa) de sal grosso
1 xícara de farinha de trigo
2 colheres (sopa) de azeite extravirgem
4 colheres (sopa) de manteiga
10 galhos de salsinha (só as folhas) picadas
sal e pimenta-do-reino branca moída na hora
1/2 colher (chá) de tomilho seco
3/4 de xícara de vinho Marsala seco

**Preparo**

Separe as folhas das endívias, lave e limpe bem. Corte-as em pedaços de 4 a 5 cm e coloque em uma tigela de água fria com o limão cortado ao meio. Reserve. Coloque em uma panela 2 litros de água para ferver. Adicione o sal grosso. Dissolva 1 colher (sopa) de farinha de trigo em 1/2 xícara de água fria e junte-a à água fervente, mexendo bem. Escorra as endívias, coloque-as na panela e ferva por 2 minutos. Escorra novamente e esfrie-as em água corrente. Coloque-as em uma travessa e cubra com um pano úmido até o momento de serem usadas.

Passe os escalopes na farinha de trigo. Aqueça a manteiga e o azeite em duas frigideiras, metade em cada uma. Quando a manteiga estiver derretida, distribua a salsinha e depois os escalopes nas frigideiras. Frite por 1 minuto e tempere com sal e pimenta-do-reino. Salpique com tomilho. Junte o vinho e cozinhe por 5 minutos, tampando parcialmente. Retire a carne das frigideiras, coloque-as em uma travessa de servir preaquecida e cubra com um pano seco. Junte os dois molhos em uma só frigideira e adicione as endívias. Acerte o sal e a pimenta-do-reino e frite por 2 minutos, mexendo sempre. Derrame as endívias e o molho sobre os escalopes e sirva imediatamente.

# Blanquette de vitela

PARA 6 PESSOAS

A blanquette é um daqueles pratos que se servem com freqüência para amigos nos almoços de domingo. Não é um prato de cerimônia, mas de muita qualidade e tradição, por isso mesmo reservado às pessoas de quem gostamos.

**Ingredientes**

1 kg de paleta de vitela sem osso em cubos de 4 cm
1 talo grande de salsão picado
1 cebola em rodelas
2 cravos
1 folha de louro
750 ml de caldo de vitela
100 ml de vinho branco seco
15 minicebolas branqueadas (aferventadas por 2 a 3 minutos sem a casca)
350 g de cogumelos frescos
3 gemas
6 colheres (sopa) de creme de leite fresco
endro (dill) picado para enfeitar o prato

**Preparo**

Coloque o salsão, a cebola, os cravos e a folha de louro em uma gaze e amarre as pontas, formando um saquinho. Junte esses temperos ao caldo de vitela fervente. Acrescente a carne e vá retirando a espuma que se formar na superfície do caldo. Abaixe o fogo, adicione o vinho e cozinhe em fogo lento por 20 minutos. Junte as minicebolas e os cogumelos e cozinhe até que a carne fique macia. Retire o saco com os temperos. Bata as gemas, o creme de leite e um pouco do caldo quente da carne. Devagarinho, adicione esse creme ao caldo fervente, mexendo bem para que não empelote. Reduza o fogo para o mínimo possível, mexendo constantemente sem deixar que ferva. Sirva com arroz branco enfeitado com endro.

# Rim de vitela de leite ao conhaque e cebolinhas glaciadas

PARA 6 PESSOAS

Este é um prato para calar a boca daquela turma do "não provei e não gostei". A primeira vez que o comi foi no Léon de Lyon, em Lyon, naturalmente. Depois foi em casa, e espero ter conseguido captar toda a delicadeza e beleza desta receita.

**Ingredientes**

6 rins de vitela de leite inteiros com a gordura parcialmente removida
1 xícara de vinho branco seco
1 colher (sopa) de manjericão fresco
sal e pimenta-do-reino branca moída na hora

**Para o acompanhamento**

30 a 35 minicebolas branqueadas
(aferventadas sem a casca por 2 a 3 minutos)
1 xícara de conhaque
1/2 colher (sopa) de açúcar
sal

**Preparo**

Faça um molho juntando o vinho branco, o manjericão, o sal e a pimenta-do-reino. Deixe os rins mergulhados nesse molho por 1 hora e meia, fora da geladeira.

Preaqueça o forno a 220ºC. Aqueça bem uma assadeira pequena sobre o fogão. Coloque nela os rins (sem o molho) e frite bem de todos os lados. Quando a carne estiver dourada, leve ao forno quente por 10 minutos. Em seguida, coloque os rins em uma nova assadeira e regue com o molho em que ficou marinando. Volte ao forno e asse por mais 15 minutos. Leve a primeira assadeira para cima do fogão e limpe o fundo com o conhaque, deixando reduzir o líquido à metade. Coloque açúcar e deixe caramelizar. Junte as cebolas branqueadas e cozinhe-as nesse molho por alguns minutos. Tempere com sal. Retire os rins do forno, corte-o em fatias de 1/2 cm e disponha-as no prato com algumas cebolas glaciadas.

*Receitas com carne de*

# Babybúfalo

Babybúfalo é uma denominação comercial para vitelo de búfalo. Resolvemos chamá-lo assim para que as receitas não fossem confundidas com as de vitelo bovino. A carne de babybúfalo é uma especialidade, a começar pela forma como o vitelo é criado. A única semelhança com seu primo, o vitelo bovino, é ser o machinho da búfala leiteira. No mais, tudo é diferente. Primeiro, por ser ele criado exclusivamente com leite de búfala, o que já é um privilégio, pois esse leite tem o dobro de teor de gordura (8%) em relação ao de vaca. Assim, a cada litro que o vitelo de búfalo bebe, engorda quase duas vezes mais que o vitelo bovino, e com uma vantagem única: o leite de búfala, embora com maior teor de gordura, tem de 30% a 40% menos colesterol que o da vaca. Para ter uma idéia do milagre que acontece com esse animal, veja só: os bezerros bovinos e bufalinos nascem com o mesmo peso, 33 kg em média; depois de 3 meses, o da vaca estará pesando de 70 kg a 80 kg e o da búfala já terá entre 120 kg e 130 kg, ou seja, mais de 50% no mesmo período de tempo. A natureza foi generosa com a raça, sem dúvida, pois a vantagem

# T-bone steak de babybúfalo ao Porto

PARA 4 PESSOAS

**Ingredientes**

4 fatias de T-bone steak de babybúfalo com 4 cm de espessura
1 colher (sopa) de manjerona fresca
1/2 xícara de vinho branco seco
1/2 xícara de azeite de oliva
sal de aipo
pimenta-do-reino branca moída na hora
manteiga para untar
1/2 xícara de vinho do Porto

**Para o acompanhamento**

500 g de shimeji, shitaki, champignon de Paris e funghi porcini em pedaços
azeite de oliva para refogar

**Preparo**

Misture todos os ingredientes, menos o T-bone steak, o vinho do Porto e a manteiga, em uma tigela. Deixe fora da geladeira por 12 horas, mexendo muitas vezes ao longo do tempo, pois o sal tende a se depositar no fundo e o azeite a se separar do vinho. Coloque os T-bones em uma travessa, derrame por cima o molho, vire a carne dentro do molho e deixe marinando fora da geladeira por 1 hora a 1 hora e meia. Aqueça bem duas frigideiras de ferro fundido ou uma boa e espessa assadeira em duas bocas do fogão. Unte com manteiga e deixe ficar bem quente. Frite os T-bones por aproximadamente 8 a 9 minutos de cada lado. Os lados devem ficar bem tostados e o meio da carne rosado. Enquanto a carne é grelhada, coe o molho. Retire os T-bones das frigideiras, coloque-os em uma travessa de madeira (ou de porcelana aquecida) e cubra com um pano limpo. Adicione às frigideiras o molho já coado e solte os fundos mexendo com uma colher de pau. Reduza o volume a menos de 1/3. Após a redução, misture o vinho do Porto e deixe evaporar a metade do líquido. Em uma outra frigideira, refogue os cogumelos no azeite. Regue-os com o molho resultante do preparo da carne e sirva imediatamente. Se for necessário volte a carne à frigideira para um rápido aquecimento final.

# Assado de patinho de babybúfalo

PARA 5 A 6 PESSOAS

**Ingredientes**

1 patinho de babybúfalo de 1,5 kg
sal e pimenta-do-reino branca moída na hora
1 dente de alho amassado em sal
1 colher (sopa) de manjericão fresco
1 colher (chá) de tomilho fresco
azeite e manteiga para untar
1 xícara de vinho branco seco
100 g de manteiga sem sal
1 xícara de azeite extravirgem
vinho branco para regar a carne

**Preparo**

Tempere a carne com sal, pimenta-do-reino, alho, manjericão e tomilho. Deixe no tempero fora da geladeira por 30 minutos. Preaqueça o forno a 250ºC. Aqueça bem uma assadeira em duas bocas do fogão, untada com azeite e manteiga. Coloque a carne dentro da assadeira já quente e toste-a bem de todos os lados. Essa operação deve levar de 15 a 20 minutos. Em seguida, passe a carne para outra assadeira e leve ao forno. Volte ao fogo baixo a assadeira que foi usada para tostar a carne. Adicione o vinho branco e com uma colher de pau limpe bem o fundo. Ainda em fogo lento, vá mexendo sempre até reduzir o volume do líquido à metade. Coe esse molho, coloque-o em uma panelinha e com a ajuda de um *fouet* (batedor de claras) incorpore a manteiga batendo bem.

Enquanto a carne está assando, regue-a ora com azeite, ora com vinho branco. Depois de 30 minutos, aperte a carne com as costas de um garfo para avaliar o ponto: se estiver um pouco elástica, estará rosada por dentro. Pode-se também observar o ponto espetando um palito no meio da carne: se sair muito líquido pelo furo, estará aquém do desejado. A carne ainda rosada é o ponto ideal: é suculenta e muito mais gostosa. Para servir fatie a carne e coloque por cima (ou por baixo) o molho superquente.

# Costela de babybúfalo recheada

PARA 8 PESSOAS

Esta é mais uma receita que, embora criada para vitela bovina, foi adaptada para babybúfalo, ficando ainda melhor, pois o búfalo tem mais carne cobrindo suas costelas. A carne deve ser bem-assada para ficar completamente macia, já que a costela, mesmo em animal jovem, é mais dura que as outras partes. Mas isso não é problema, é apenas uma questão de paciência.

## Ingredientes

1 costela de babybúfalo de aproximadamente 2,5 kg
2 cebolas picadas
1 dente de alho amassado
2 colheres (sopa) de salsinha picada
1 garrafa de vinho branco seco
1 folha de louro
1/2 xícara de azeite extravirgem
1/2 colher (sopa) de sal de aipo
pimenta-do-reino branca moída na hora

## Para o recheio

4 pãezinhos franceses amanhecidos
2 colheres (sopa) de azeite extravirgem
1 colher (sopa) de salsinha picada
200 g de champignons de Paris picados
2 ovos
1 pitada de noz-moscada moída
sal e pimenta-do-reino branca moída na hora

## Preparo

Observe que a costela tem uma extremidade mais fina, onde fica a fraldinha, e outra mais grossa, que é a parte do peito. Com uma faca de lâmina longa e estreita, faça um furo na carne paralelamente e bem rente aos ossos, começando na parte fina. Vá deslizando a faca no sentido longitudinal para abrir uma "bolsa" entre a carne e os ossos, tomando cuidado para não fazer furos para fora (se isso acontecer, não é nenhum desastre: feche o furo com um palito de dente). Misture a cebola, o alho, a salsinha, 1 xícara de vinho, o louro, o azeite, o sal de aipo e a pimenta-do-reino e passe na carne, inclusive no interior da "bolsa". Deixe descansar fora da geladeira por 1 hora.

**Prepare o recheio:** molhe bem o pão (se não for amanhecido, ele desmancha), esprema-o e separe em pedaços, passando para uma tigela. Leve o azeite ao fogo em uma frigideira e junte a salsinha. Depois de 1 minuto acrescente os champignons e frite-os ligeiramente. Misture-os na tigela com o pão, acrescentando os ovos e o resto dos temperos. Com a mão, coloque o recheio dentro da "bolsa" da costela (se necessário, feche com palitos de dente). Leve tudo ao forno médio (200ºC), com a costela para cima. Regue a cada 20 minutos com vinho branco seco. Depois de 1 hora vire a carne com a ajuda de duas boas espátulas. Asse por mais 1 hora a 1 hora e meia, até que fique dourada e macia. Corte as fatias com muito cuidado para que o recheio não saia.

# Falso chateaubriand de babybúfalo

PARA 6 PESSOAS

Como a carne do babybúfalo é muito macia e suculenta, até o insosso lagarto é ingrediente para ótimos pratos. Fazer um chateaubriand usando um lagarto não deixa de ser uma ousadia, mas fica ótimo até servido ao ponto.

**Ingredientes**

6 fatias de lagarto de babybúfalo de 120 g cada (aproximadamente 2,5 cm de altura)
1 colher (sopa) de sálvia fresca
sal e pimenta-do-reino branca moída na hora
2 colheres (sopa) de manteiga
2 colheres (sopa) de azeite extravirgem
1 xícara de vinho branco seco

**Preparo**

Tempere a carne com sálvia, sal e pimenta-do-reino e deixe descansar por 15 minutos. Regue as fatias com um pouco de azeite. Divida a manteiga e o azeite em duas frigideiras e deixe aquecer bem. Coloque três fatias de carne em cada frigideira, em fogo alto, e toste bem dos dois lados (aproximadamente 5 minutos de cada lado). Reserve a carne e volte as frigideiras ao fogo. Despeje em cada uma a metade do vinho. Com uma colher de pau limpe o fundo das frigideiras. Abaixe o fogo e mexa sempre até reduzir o líquido à metade, por evaporação. Leve a carne de volta ao fogo para um rápido aquecimento. Sirva, regando cada fatia com um pouco do molho do fundo da frigideira. Acompanhe com polenta mole ou purê de mandioquinha.

# Prime rib de babybúfalo assado

PARA 6 A 8 PESSOAS

O prime rib, ou bisteca com osso, é uma das carnes mais nobres que existem. A bisteca é a continuação do contrafilé em direção ao dianteiro. A carne deve ser removida das pontas dos ossos, envolvidos com papel de alumínio para que não queimem. Segurar os ossos pela ponta protegida não é falta de educação e sim conhecimento de causa. pois perto deles estão os melhores sabores.

### Ingredientes

1 prime rib com 6 a 8 ossos (o osso da coluna deve ser removido para facilitar o corte depois de assado)
sal e pimenta-do-reino preta moída na hora
15 folhas de sálvia frescas
1 xícara de vinho tinto

### Preparo

Preaqueça o forno a 270-280ºC. Tempere a carne com sal e pimenta-do-reino. Coloque algumas folhas de sálvia entre os ossos. Disponha o prime rib na assadeira com as pontas dos ossos para baixo e leve ao forno bem quente por 40 minutos. Reduza a temperatura para 200ºC e asse por mais 40 minutos. Se necessário, respingue a assadeira com água fervente para não queimar demais. Desligue o forno e deixe a carne dentro por mais 40 minutos. Para servir, troque de assadeira e ligue o forno para aquecer a carne. Coloque a assadeira com os resíduos do assado no fogão, aqueça e adicione o vinho tinto. Limpe o fundo raspando com uma colher de pau. Deixe reduzir o líquido à metade, coe e sirva as bistecas com o molho bem quente por baixo de cada fatia para que fique à mostra a cor rosada da carne.

# Paleta de babybúfalo assada com tomilho e bacon

PARA 6 A 8 PESSOAS

É fundamental que a paleta seja proveniente de animal bem gordo. Isso é fácil de descobrir, pois a boa carne de búfalo é envolvida por fina camada de gordura branca, muito bonita. Acompanham esse prato batatas e cenouras assadas junto com a carne, na mesma assadeira.

As batatas devem ser cortadas ao meio e levadas ao forno 15 minutos depois da carne, e as cenouras, 20 minutos. Vire-as a cada 15 minutos para que absorvam bem o sabor do assado.

**Ingredientes**

1 paleta de babybúfalo amarrada de aproximadamente 2 kg
sal e pimenta-do-reino preta moída na hora
300 g de bacon fatiado
2 colheres (sopa) de tomilho fresco

**Preparo**

Tempere a carne com sal e pimenta-do-reino e deixe descansar fora da geladeira por 1 hora. Esse tempo de espera tem dupla função: fazer subir a temperatura da carne, que assa melhor quando não é colocada fria no forno, e permitir a melhor distribuição do sal.

Preaqueça o forno a 250ºC. Disponha no fundo da assadeira metade das fatias do bacon e polvilhe com metade do tomilho. Coloque por cima a paleta. Cubra com a outra metade do bacon e polvilhe com o restante do tomilho. Asse em fogo bem quente por 30 minutos. Reduza a temperatura para aproximadamente 200ºC (fogo médio) e asse por mais 1 hora a 1 hora e 15, virando a cada 20 minutos, até que a carne esteja macia. Se necessário, regue o fundo da assadeira com um pouco de água fervente. Cubra as batatas e as cenouras com o molho da assadeira e sirva.

*Receitas com carne de*

# Cordeiro

A carne de cordeiro popularizou-se bastante no Brasil em meados dos anos 80, quando a qualidade da carne nacional começou a melhorar, passando de subproduto a produto importante. Subproduto porque nossos criadores tinham na lã sua principal fonte de renda. O abate só acontecia depois do inverno, após a tosa da lã, não importando a idade nem a qualidade da carne do animal. Com isso, havia uma grande safra de setembro a dezembro e depois a carne de cordeiro simplesmente desaparecia do comércio. Assim, não há mercado consumidor que resista. Foi por volta dos anos 80 que começou no país a criação de cordeiros para abate, de pouca produção de lã mas com boa qualidade de carcaça. A criação se aprimorou e o consumo, ato contínuo, aumentou. O preconceito sobre essa maravilhosa carne começou a se dissipar à medida que os bons restaurantes passaram a incluí-la em seus cardápios. Daí para o aumento do consumo doméstico, sobretudo em churrascos, foi mera conseqüência. Hoje, pode-se dizer que a carne de cordeiro se tornou popular entre pessoas que nem ousavam prová-la há 15 ou 20 anos.

## Pernil de cordeiro assado com suco de laranja, cebolas roxas e hortelã

PARA 6 PESSOAS

Esta é uma receita para aqueles que não gostam de vinho na comida. Vamos respeitá-los. São poucas, mas boas pessoas.

**Ingredientes**

1 pernil de cordeiro de 2,5 kg
2 cebolas roxas grandes em rodelas
2 laranjas-pêra com casca em fatias finas
sal e pimenta-do-reino preta moída na hora
1 colher (sopa) de hortelã desidratada
1/2 xícara de suco de laranja
1/2 xícara de caldo de carne (de preferência de cordeiro)
1/2 xícara de azeitonas pretas sem caroço

**Preparo**

Preaqueça o forno a 300ºC. Em uma assadeira do tamanho do pernil, aproximadamente, disponha uma camada de cebola. Por cima, acrescente uma camada de laranja. Esfregue o pernil com o sal, a pimenta-do-reino e a hortelã e coloque-o na assadeira. Cubra com as fatias de laranja que sobraram. Asse a carne por 15 minutos. Reduza a temperatura para 220ºC e asse por mais 40 minutos, ou até que esteja macia, virando depois de 20 minutos. Acrescente água fervente na assadeira aos poucos para não secar. Depois de assada, coloque a carne em uma travessa quente e cubra com um pano seco. Leve a assadeira para uma boca do fogão, aqueça bem e junte os ingredientes restantes, raspando para soltar o fundo. Reduza o volume à metade, mexendo constantemente. Acerte o sal, coe o molho e coloque-o em uma molheira. Com a mão, segure o pernil pela ponta do osso, protegida por um pano, fatie e coloque por cima um pouco do molho.

# Pernil de cordeiro com 40 dentes de alho

PARA 5 A 6 PESSOAS

**Ingredientes**

1 pernil de cordeiro de 2,5 kg
1 colher (chá) de alecrim e tomilho frescos picados e misturados
1/2 xícara de azeite extravirgem
3 dentes de alho em lascas
6 filés de enchova em tiras
sal e pimenta-do-reino preta moída na hora

**Para o acompanhamento**

200 ml de caldo de carne
40 dentes de alho novo
50 g de manteiga
1 maço pequeno de agrião

**Preparo**

Deixe o alecrim e o tomilho em infusão no azeite por 1 hora, no mínimo. Preaqueça o forno a 250ºC. Faça furinhos na carne e introduza as lasquinhas de alho e os filés de enchova. Salgue o pernil e unte-o com o azeite e as ervas. Moa a pimenta-do-reino por cima da carne. Leve ao forno por meia hora, regando com o resto do azeite e ervas. Deixe assando por mais 45 minutos para que fique bem rosado junto ao osso.

**Prepare o acompanhamento:** ferva o caldo de carne. Separe os dentes de alho sem remover a casca e cozinhe-os em água e sal por 10 minutos. Em seguida, passe-os para a panela com o caldo de carne fervente. Cozinhe por mais 20 minutos em fogo baixo. Escorra o alho, passe para outra panela e reserve o caldo. Coloque a manteiga junto com o alho e aqueça. Regue o pernil que está no forno com o caldo do alho. Quando a carne estiver pronta, coloque em uma travessa os agriões lavados e os alhos em sua volta. Por cima do agrião disponha o pernil que acaba de sair do forno. Regue a carne com o molho da assadeira.

## Paleta de cordeiro com feijão branco

PARA 4 PESSOAS

A paleta é bem mais saborosa e suculenta que o pernil. A única ressalva é seu aspecto: enquanto o pernil é todo redondo, a paleta é mais chata, assim sua aparência é bem menos festiva. Em compensação, seu sabor é superior, sem dúvida.

### Ingredientes

1 paleta de cordeiro sem o osso da pá (omoplata) de aproximadamente 1,5 kg
1 kg de feijão branco
1 bouquet garni (salsinha, tomilho e louro, por exemplo, dentro de um saquinho de gaze)
1 cebola roxa inteira
1 tomate maduro sem pele e sementes
2 cebolas grandes inteiras
3 dentes de alho
sal e pimenta-do-reino moída na hora
1/2 colher (sopa) de folhas de tomilho fresco
6 batatas semicozidas em água e sal
100 g de manteiga
1/2 xícara de azeite extravirgem
1 cebola roxa em pedaços
2 colheres (sopa) de salsinha picada

### Preparo

Coloque o feijão branco em uma panela de água fria com sal e o bouquet garni. Cozinhe em fogo lento até que fique quase ao ponto. Adicione mais água (quente) se necessário. Junte a cebola roxa inteira, o tomate, as duas cebolas inteiras e 2 dentes de alho. Tempere com sal e pimenta-do-reino. Cozinhe por mais 15 minutos. Enquanto o feijão está cozinhando, corte o outro dente de alho em 4 pedaços e enfie na carne com a ajuda de uma faca pontuda. Tempere a paleta com sal, pimenta e tomilho. Coloque-a com as batatas na assadeira untada com manteiga e leve ao forno preaquecido a 180ºC por 1 hora e 45 minutos, regando a cada 15 minutos com um pouco de azeite. Vire de lado a cada 20 minutos.

Quando a carne estiver quase pronta, retire do feijão as cebolas cozidas e o tomate. Jogue fora o bouquet garni. Em uma panela pequena, derreta o restante da manteiga e doure a cebola roxa em pedaços. Junte as cebolas cozidas e o tomate que foram retirados do feijão. Com um garfo, amasse e mexa bem até que se transformem em um molho. Misture tudo isso ao feijão. Sirva a paleta em uma travessa grande tendo em volta as batatas polvilhadas com a salsinha e o feijão branco.

# Irish stew

PARA 6 A 8 PESSOAS

Este ragu (ou picadinho), preparado de uma maneira muito particular, é um dos pratos mais populares da Irlanda e está presente nos cardápios de inúmeros restaurantes pelo mundo.É comida para os dias frios. Ao contrário da maioria dos ragus, a carne não é dourada antes, daí ser chamado de ragu branco. Também não se usa farinha: a batata amassada é a única forma de engrossar o molho.

## Ingredientes

1 kg de paleta de cordeiro desossada
1 kg de pescoço de cordeiro desossado
3 cebolas grandes em rodelas
4 batatas holandesas grandes em rodelas
4 alhos-porós em rodelas
1 bouquet garni (um amarrado de tomilho, 1 folha de louro e salsinha)
sal e pimenta-do-reino preta moída na hora
15 batatas novas pequenas em fatias finas
15 minicebolas
2 colheres (sopa) de salsinha picada

## Preparo

Corte a carne em pedaços. Para que o ragu fique bem claro cozinhe os pedaços em água com sal (coloque na água ainda fria para manter a cor branca). Esse cozimento deve ser de aproximadamente 15 minutos. Escorra. Em uma panela, distribua camadas de carne intercaladas com a cebola, a batata holandesa e o alho-poró. Junte o bouquet garni. Tempere com sal e pimenta-do-reino e cubra com água. Cozinhe por 1 hora a 1 hora e meia (verifique a maciez depois de 1 hora). Estando a carne quase macia, retire os pedaços da panela, coloque o que restou em um liquidificador e faça um purê. Volte tudo para a panela, carne e purê, e junte as batatas pequenas e as minicebolas já branqueadas (fervidas em água com sal). Adicione um pouco mais de água quente, se for necessário. Acerte o tempero. Lembre-se: o verdadeiro irish stew deve ser bem apimentado. Tampe a panela e termine o cozimento. Salpique, antes de servir, com uma generosa porção de salsinha picada.

# Costeletas de cordeiro com azedinha

PARA 4 PESSOAS

**Ingredientes**

12 costeletas de cordeiro
120 g de azedinha
sal e pimenta-do-reino preta moída na hora
100 g de manteiga
100 ml de vinho branco seco
100 ml de caldo de vitela
400 ml de creme de leite fresco
1/2 limão
8 folhas de hortelã fresca picada

**Preparo**

Limpe bem as pontas dos ossos das costeletas removendo toda a gordura e nervos. As azedinhas devem ser lavadas e depois enroladas em forma de charuto para serem cortadas em fatias finas. Tempere a carne com sal e pimenta-do-reino. Aqueça 2 colheres (sopa) de manteiga em uma frigideira (preferencialmente de ferro fundido) e coloque as costeletas, já na temperatura ambiente, para dourar. Estando ao ponto, retire-as e reserve cobrindo com um pano. Rapidamente jogue fora o excesso de gordura da frigideira e coloque nela 1 colher (sopa) de manteiga e a azedinha. Deixe cozinhar em fogo lento por alguns minutos. Junte o vinho branco e deixe reduzir à metade. Adicione o caldo de vitela e depois o creme de leite. Cozinhe por mais 4 a 5 minutos. Acrescente agora o restante da manteiga aos pedacinhos e algumas gotas de limão. Acerte o sal e a pimenta-do-reino. Volte as costeletas para a frigideira por mais 1 minuto. Salpique com a hortelã e sirva com parte do molho em uma molheira. Acompanhe com vagens finas e batatas ao vapor.

# Lombo de cordeiro com estragão

PARA 4 PESSOAS

**Ingredientes**

8 fatias de lombo de cordeiro com 2,5 cm de espessura sem nervos, pele e gordura
2 colheres (sopa) de óleo de girassol
50 g de manteiga
sal e pimenta-do-reino preta moída na hora
4 colheres (sopa) de conhaque
2 colheres (sopa) de estragão fresco picado
3 colheres (sopa) de creme de leite fresco

**Preparo**

Em uma frigideira grande de ferro fundido (ou em duas menores), aqueça o óleo com metade da manteiga. Estando bem quente, coloque a carne para grelhar. Quando dourar, retire-a da frigideira e tempere com sal e pimenta-do-reino. Reserve em uma travessa quente e cubra com um pano seco. Coloque o resto da manteiga na frigideira, junte o conhaque, o estragão e, finalmente, o creme de leite. Limpe o fundo com uma colher de pau e deixe reduzir um pouco para engrossar. Acerte o sal. Retorne a carne para mais 1 minuto de fritura. Sirva imediatamente o cordeiro com o molho por cima.

## legendas

Um jantar medieval em estilo de gala tendo à mesa o duque de Berry, pág 4

Rembrandt. *Bouef écorché*, pág. 8

Pieter Cornelisz van Rijck. *A cozinheira*, pág. 10

Primeira loja Wessel na rua Manoel Dutra em 1961. István é o primeiro à direita, ao lado László, seu pai, agachado o sr. Ettore (antigo chefe de László na Vilex) e os outros são funcionários da loja, pág. 12

Recorte do Diário de São Paulo de 8 de fevereiro de 1957, indicando János Wessel, de apenas 6 meses, como o refugiado mais jovem a chegar ao Brasil, pág. 14

A família unida: László, Eva e István, pág. 15

Carteira de açougueiro e permissão de trabalho de László Wessel. Tendo sobrevivido a Segunda Guerra Mundial, volta à Hungria para exercer seu ofício, pág. 15

Richard Waitt. *Natureza-morta*, págs. 18-19

Uma cozinha e utensílios domésticos. Bartolomeo Scappi. *Opera*, 1570, pág. 20

O açougue. Ububschasym de Baldach. *Theatrum Sanitatis*, século XIV, pág. 21

Açougueiros em suas vestimentas características, século XIX, págs. 22-23

A cozinha do Royal Pavilion, século XIX, pág. 25

Anthonius Claeissins. *A family saying grace before a meal*. pág. 26

Dan Fialdini. *Boi*, pág. 32

Ticiano. *Paisagem com ordenhadora*, xilogravura, c. 1520-25, págs. 36-37

Françoise Saint Bonvin. *Carnes e legumes*, óleo sobre madeira, págs. 62-63

Vitral da corporação dos açougueiros em Saint-Gall, França, pág. 64

Utensílios domésticos. Bartolomeo Scappi. *Opera*, 1570, págs. 74-75

Um banquete francês do século XVIII, pág. 76

Elysito. *Boi*, pág. 78

Elysito. *Vitela*, pág. 102

Elysito. *Babybúfalo*, pág. 116

Elysito. *Cordeiro*, pág. 130

## índice de receitas

**Dados Internacionais de Catalogação na Publicação (CIP)**
**(Câmara Brasileira do Livro, SP, Brasil)**

Wessel, István, 1947-
Wessel / texto István Wessel ; fotos Romulo Fialdini. -- São Paulo : DBA Artes Gráficas, 1997

ISBN 85-7234-078-5 (DBA Artes Gráficas) --
ISBN 85-06-02603-2 (Companhia Melhoramentos de São Paulo)

1. Carnes 2. Culinária (Carnes) 3. Família wessel I. Fialdini, Romulo. II. Título.

A97-2467 CDD-641.66

**Índices para catálogo sistemático:**
1. Carnes : Culinária 641.66
2. Carnes : Receitas 641.66
Culinária 641.66



Printed in Brazil

DBA - Dórea Books and Art
Al. Franca 1185 cj 31/32 cep 01422 010
Cerqueira César São Paulo SP Brasil
Tel (011) 852 1643 Fax (011) 280 3361
E-mail: dbabooks@uol.com.br

Companhia Melhoramentos de São Paulo
Atendimento ao consumidor: (011) 3874 0900
Caixa Postal 2547 cep 01065 970 São Paulo SP Brasil

Edição: 7 6 5 4 3 2
Ano: 2002 01 00 99 98
Ix-XII

ENCROSERS

ENCROSERS